京都桜小径の喫茶店
～神様のお願い叶えます～

卯月 みか

JN109200

一二三文庫

目次

一章　大豊《おおとよ》神社の狛ねずみ

どこからか、ひらりと一枚、花びらが降ってきた。

思わず手のひらを差し出し捕まえて、目に近付けてみると、それは桜の花びらだった。

「桜？　どこから……？」

周囲を見回してみたが、それらしき木は見つからない。首を傾げてもう一度花びらを見つめる。強く握ってしまえばすぐに潰れてしまう、この薄くて儚げな桃色の花びらは、確かに桜だ。

不思議なのは、この東京ではとっくに桜の時期は終わっていて、どこを探しても、もう花を咲かせている木はないということだ。

（散るタイミングを逃しちゃったか、それとも、散りたくなくて今まで頑張って咲いていた花があるのかな）

私は、ビジネス用のトートバッグから読みかけの文庫本を取り出すと、ページの間にその花びらをそっと挟み込んだ。家に帰ったら、この不思議な花びらで、栞を作ってみようと思う。

（もしかすると、幸運を運ぶ桜……だったりして）

そんなロマンティックな願いが脳裏に浮かんだが、すぐに先ほどまで感じていた憂鬱な気持ちを思い出し、頭を振った。幸運なんて、今の私・水無月《みなづき》愛莉《あいり》には縁遠い言葉だ。

私は、中丸《なかまる》紙業という紙の卸売商社で営業事務をしている。ただし、身分は正社員ではなく、三カ月単位で契約更新される派遣社員。いつ契約を切られるか分からない心配が常にあったが、そうならないように、仕事には真面目に取り組んできたつもりだ。けれど先日、ついに、次の契約が更新されない旨の連絡を受けてしまった。理由は、四月から新入社員が入社し、人手不足が解消されたからとのことだった。

「田名《たな》さんのせいで、六月から私はお払い箱かぁ……」

正社員が入ってきたから、派遣社員はいらない、という会社側の考えは分かるが、この一年、一生懸命働いてきた身としては、どうしても「そんな無体な」という気持ちになってしまう。

――私は、四月入社のフレッシュな新人の顔と、今日の出来事を思い浮かべた。

有名四年制大学を卒業したという彼女は、優秀なのかと思いきや、意外と頼りなく、今日も先輩社員の伊関《いせき》さんに怒られていた。伊関さんは正社員の女性で、年齢は三十代後半。非常にキツイ性格で、社内で恐れられている存在だ。

「伊関さん。三伯《さんぱく》紙業さんから、明日の午前中着で上質紙の注文きました」

受注票を持って伊関さんのところへやって来た田名さんは、恐る恐るといった体で声をかけた。

「は？　明日の午前中？　何言ってるの。この時間から出荷して間に合うと思ってるの？」

パソコンに向かい、今日の受注分の配送手配をかけていた伊関さんは、じろりと田名さんを見上げた。

「で、ですよね……」

田名さんは、伊関さんから返ってきたキツイ言葉に首をすくめる。

「ど、どうしましょう、これ……。三伯紙業さん、明日絶対必要だから、っておっしゃってて……」

「そんなの断りなさい。あなたの仕事でしょ」

きっと田名さんは三伯紙業の営業に無理を言われ、断り切れずに受けてしまったのだろう。泣きそうな顔で立ち尽くしている彼女が可哀想になり、

「田名さん。その受注票、私に貸してくれる？　何とか明日午前中着で行けないか、配送業者に頼んでみるね」

私は田名さんに向かって手を差し出した。

「水無月さん……！　ありがとうございます！」

田名さんは、ほっとした表情を浮かべると、私に受注票を渡した。

そんな私たちの様子を見て、伊関さんが舌打ちをした。私は思わずびくっと体を震わせた。けれど、伊関さんの舌打ちに気付かないふりをして、田名さんから受注票を受け取った。

何度も頭を下げて自分の席に戻って行く田名さんを見送った後、私はデスクの上の電話から受話器を取った。「1」のボタンを押し、短縮ダイヤルで馴染みの業者へと電話をかける。一コールですぐに相手側の事務の女性が出た。

「お世話になっております。中丸紙業の水無月です。ご無理を承知でお願いしたいのですが……」

事情を説明したが、相手側にも都合がある。最初は「無理」の一点張りだったが、「そこを何とか……」と拝み倒し、最終的に明日の午前中着でトラックを出して貰えることになった。

ほっと胸を撫で下ろして受話器を置くと、向かいの席に座っている伊関さんと目が合った。

「水無月さん、そうやっていい子ぶって何でも引き受けていると、次も無理が通ると思われて、困るのはこっちなんだから止めてちょうだい」

怒りを含んだ声をかけられ、背中に冷水を浴びせられたように震えあがる。

「す、すみません……」

伊関さんが言っているのは、取引先だけの話ではなく、田名さんのことも指しているのだと分かった。

(そうだよね、私が辞めた後、田名さんと一緒に仕事をするのは伊関さんなんだから……)

甘やかすなということなのだろう。

(余計なことをしちゃったのかな……)

私は手配の終わった受注票をファイルに閉じながら、気分が落ち込んでいくのを感じていた。

——会社での出来事を思い返した後、私は、はぁと溜息をついた。

伊関さんのことは苦手だ。彼女のキツイ言葉を聞くと、心臓が縮み上がる。自分が他人の悪意や、怒りや、悲しみといったネガティブな感情に影響されやすい、打たれ弱い気質であるということを、私は理解していた。

「転職……か」

一体今まで、何度転職を繰り返してきたのだろう。

短大を卒業してすぐに就職した会社は、社長の社員へのパワハラがひどく、一年経たずに辞めてしまった。次の会社ではお局《つぼね》さんに目を付けられて、ここもまた長くは続かず辞めてしまった。

（私は精神的に弱い）

ネガティブな感情に触れると、心に負荷がかかり、上手く立ち回れなくなる。

それでも、今の仕事では、何とか人間関係を良好に保つように努力し、一年以上続けることができていた。それなのに、契約を切られてしまうとは。

（でも、もう伊関さんと一緒に働かなくていいと思うと、気が楽になった……）

情けない気持ちの反面、どこかほっとしながら、私はすっかり暗くなった空を見上げた。今日の月は満月だ。

（宝くじで七億円当たって、働かずに生きていけたらいいのに）

夢のようなことをぼんやりと考えながら、空を見つめ歩いていると、普段よく入るコンビニの前に差しかかり、私は現実に引き戻された。

（今日、ご飯作るの面倒くさいな……）

コンビニの前で立ち止まり、しばし逡巡した後、店へと足を向ける。

どうせ一人暮らしなのだ。適当な料理でも、文句を言う人はいない。

自動扉を潜ると、ピロロロンというお馴染みの音が私を迎える。私はカゴを手に取ると、パウチ入りの総菜を売っているコーナーへ真っすぐに向かった。

（デミグラスソースのレトルトハンバーグに、卵、千切りキャベツ）

目的の食材を、迷いなくカゴに入れる。そしてスイーツコーナーへ移動すると、こちらではあれこれと商品を見比べ、最終的にロールケーキを選んだ。夜に甘いものを食べれば体重増加一直線だが、こんなに落ち込む日は、デザートぐらい食べても許されるはずだ。

ついでに明日の分の食パンもカゴに入れ、レジへと向かう。

「いらっしゃいませ」

レジで会計を担当している若い女性は、たどたどしい日本語で挨拶をした。名札に「黄」と書いてある。「黄」という名字の日本人はあまりいないだろうから、きっと目の前の黄さんは外国人だ。

（海外で仕事をするのって、大変なんだろうな）

仕事を覚えることだけでも大変だろうに、言葉の違いや、文化の違い、人間関係に悩むこともあるに違いない。

（それでもこの人は、立派に働いている）

手際よく会計をしてくれた黄さんに尊敬の念を抱きながらレジ袋を受け取ると、私はコンビニを出た。

（転職ばかり繰り返している私は、社会人として甘ちゃんだ）

自己嫌悪に陥り、私は鬱々とした気持ちを抱えながら、自宅マンションへと戻った。

築年数の浅い小綺麗なマンションに帰ると、私は玄関でパンプスを脱いだ。

家具家電付きのマンスリーマンションは、キッチンの設備が新しいところが気に入っていて、ついこの間まで、恋人が家に訪ねて来ると、料理を作って、よく一緒にご飯を食べていた。

部屋に入り、手に持ったコンビニのビニール袋をキッチンに置く。元恋人の圭祐《けいすけ》の顔を思い出し、胸が痛くなった。

圭祐とは、先日、別れたばかり。

「お前とは別れる」の言葉は電話越しで、そう告げられた時、私はパニックになって泣き出してしまった。

「どうして」と言ったら、「お前ってすぐ泣くよな。すぐ泣く女って重いわ」と、うんざりした声が返ってきた。そして「ネガティブで口を開けば愚痴ばかりだし、そういうところは好きになれなかった」と、続けられた。

もう会えない恋人の顔を思い出すと胸が苦しくなり、私は努めてその面影を脳裏から追い出すと、キッチンの引き出しの中から鍋を取り出した。たっぷりと水を入れ、コンロにかけて、デミグラスソースのハンバーグを袋ごと投入する。

湯が沸いてハンバーグが温まるのを待つ間、フライパンで目玉焼きを作る。冷蔵庫から、冷凍していたご飯を出して、電子レンジで解凍した。ご飯を少し大きめの皿に盛り、千切りキャベツとオニオンチップを乗せる。温まったハンバーグをデミグラスソースごとキャベツの上に乗せて、仕上げに目玉焼きをトッピングすれば、あっという間に簡単ロコモコ丼の完成だ。

ローテーブルの上に皿とスプーン、お茶を持って行くと、正座をし、両手を合わせた。誰も聞いていないのに「いただきます」と声を出す。

卵にスプーンを入れると、とろりと黄身が溢れ出た。卵とハンバーグ、キャベツにご飯をいっぺんにスプーンに掬い、口に運ぶ。流石に一匙で食べるには量が多かった。大口を開けて頬張り、頬を膨らませて咀嚼する。

「……美味しい。最近のコンビニ総菜って、良くできてる」

ぽつりとつぶやいた言葉を聞いてくれる人はいない。

私は吐息すると、あとは無言でロコモコ丼を食べた。

「お腹が膨れたなぁ」

食事の後、食器も片付けず、服も着替えないまま、ごろんと横になる。「食事を食べてすぐに横になると牛になる」なんて言葉もあるが、無気力な今は「牛、上等。

なってやろうじゃないの」という気持ちだ。

「どこか遠くへ行ってしまいたいな……」

本当は、消えたい。恋に破れて海の泡になってしまった人魚姫のように、静かにこの世から消えてしまいたい。

どうせ明日は会社は休みだ。このまま化粧も落とさず寝てしまうのもいいかもしれない。そんなことを考えながら寝返りを打った時、ふと一冊の雑誌が目に入った。

（そういえば、この間、好きな作家さんのインタビューが載っていたから、買ったんだっけ）

買ったはいいが、全く手を付けていなかった。

私は寝転がったまま、雑誌を引き寄せると、見るともなしにパラパラとめくった。

すると、

「わぁ！　綺麗」

雑誌の真ん中辺りに京都特集が組まれていて、思わず手を止めたページに、満開の桜の写真が掲載されていた。場所はどこかの遊歩道のようだ。小川沿いに咲く、桜のトンネルは見事だった。

「『京都の桜の一押しスポット・哲学の道』かぁ……」

私は身を起こすと、その写真に見入った。写真越しでも、匂い立つような桜の美しさ、小川の透明感が伝わってくる。

「……行ってみたい、かも」

ぽつりと、言葉が漏れた。そしてすぐに、今は五月の上旬だと気付く。

きっと今、この場所を訪れても、桜は咲いていないに違いない。

けれど、

「行こう。『哲学の道』」

私は、そう決心すると、改めて雑誌に目を落とした。

＊

翌日、私は、善は急げとばかりに東京駅に向かった。

一泊二日の小旅行。

昨夜、一生懸命調べてみたが、急な計画だったので、空いている手頃な宿は見つからなかった。

（現地でも宿が見つからなかったら、カプセルホテルとか、ネットカフェにでも行けばいいかな）

私はポジティブなタイプではない。けれど何故かどうしても行きたいという強い思

いに突き動かされた今回の旅行は、細かい不安を抱くよりも、

（行き当たりばったりでも何とかなる！）

そんなあっけらかんとした前向きな気持ちでいっぱいだった。

スーツケースを引き、意気揚々と新幹線に乗り込む。週末の新幹線は混んでいたが、何とか指定席の切符を取ることができたので、到着まで駅弁を食べたり、駅の書店で買った京都のガイドブックを読んだりしながら、悠々と過ごした。

京都駅に到着し、改札を出ると、

「わあ！　京都駅って思っていたより近代的」

私は、アーチ状にガラスが嵌め込まれた高い天井を見上げて驚いた。左右を見るとエスカレーターがあり、それぞれ隣接する百貨店とホテルへ繋がっているようだ。光の差し込むアトリウムから外へ出ると、駅前はバスターミナルになっていた。

『哲学の道』へ行くには京都市営バスが便利だと予習をしていたので、スーツケースをコインロッカーに預けてから、バスターミナルへと向かう。

駅の目の前には京都タワーがそびえている。白く細いフォルムで、上の方にある赤い円形の部分は、展望室になっているらしい。

（何だか、ロケットみたいに飛んで行きそう）

そんな感想を抱きながら眺めていると、ターミナルに目的のバスが入って来た。

「あ、やっと来た」

緑色の車体が目の前に停まると、私は他の客の後について バスに乗り込み、空いている席に腰を下ろした。

バスは途中、繁華街を抜け、川を越えると、山側へと向かって走って行く。

ガイドブックを見ると、繁華街の辺りは、四条烏丸《しじょうからすま》、四条河原町《しじょうかわらまち》、祇園《ぎおん》などと呼ばれているようだ。

(祇園は聞いたことがある。確か舞妓さんがいるところだよね。さっきの川は、鴨《かも》川《がわ》って言うのか)

山の方面に向かって真っすぐに進んでいたバスは、「次は『神宮道《じんぐうみち》』」とのアナウンスの後、左へと曲がった。すると目の前に見上げるほど大きな朱色の鳥居が現れて、私は、

「わあ!」

と目を丸くした。

(あれは何だろう?)

急いでガイドブックをめくってみると、平安神宮《へいあんじんぐう》の大鳥居だという説明書きを見つけた。この辺りは、平安神宮を中心にした、文化施設の多い岡崎《おかざき》というエリアらしい。

大鳥居の手前には、お堀のような見た目の水路が流れている。明治時代に、給水や水運などの目的で、琵琶湖の湖水を京都に流すために作られた、琵琶湖疏水《びわこそすい》という水路なのだそうだ。

バスは橋を渡って水路を越えると、大鳥居の中を潜り抜けた。美術館や動物園の横を通り過ぎ、「次は『南禅寺《なんぜんじ》・永観堂道《えいかんどうみち》』」というアナウンスが流れると、私は降車ボタンを押した。バスが停まってから座席から立ち上がり、料金箱にお金を入れて、外に出る。

「ええと、『哲学の道』は……」

再びガイドブックを取り出し、地図を広げて方向を確認する。どうやら、目の前の道を右に曲がり、更に山側へと向かえばいいようだ。

住宅街の間をしばらく歩いて行くと、永観堂という寺が見えて来た。立派な総門を目にし、どんな寺なのか中が気になったが、今はとりあえず通り過ぎ『哲学の道』を目指す。

永観堂の塀の端を右に曲がり、古い民家の多い緩やかな坂道を上り切ると、目の前に樹木に囲まれた遊歩道――『哲学の道』が現れた。

突然、空気が変わったかのように清涼な風が吹き抜け、私の髪を巻き上げた。

「緑のトンネルみたい……」

遊歩道を覆うように、青々とした葉桜が生い茂っている。やはりこの時期に花は咲いていなかったが、この本数の桜が一斉に咲けば、その光景はさぞや壮観だろうと思われた。

小川には澄んだ水が流れていて、鴨が優雅に泳いでいる。

この小川は、琵琶湖疏水の分線なのだそうだ。『哲学の道』は琵琶湖疏水が建設された時に設けられた管理用道路だったらしい。京都大学の教授だった哲学者の西田《にしだ》幾多郎《きたろう》が思索をしながら散策をしたという話が有名で、『哲学の小径《こみち》』などと呼ばれるようになった。距離は約一・五キロあり、熊野若王子神社《くまのにゃくおうじじんじゃ》から、銀閣寺《ぎんかくじ》付近まで続いているのだそうだ。

（何だか、癒される……）

こんな小道なら、ぼんやりと考えごとをするのにぴったりだ。

今日は天気も良く、気温も心地いい。絶好の散策日和だと思いながら歩いていると、小さな橋に差しかかった。橋の向こう側に視線を向けると、一対の燈籠が建っていて「狛ねずみの社　大豊神社《おおとよじんじゃ》」という文字とネズミの絵が描かれた絵馬が置かれていた。

「狛ねずみ……？」

神社に狛犬はお馴染みだが、狛ねずみは聞いたことがない。

（行ってみよう）

私は興味を引かれて橋を渡ると、石畳の道を進んだ。

少し歩くと狛犬がいて、更に細くなった石畳の参道の先に鳥居が見えた。どうやらここが狛ねずみの神社のようだ。

手前の手水舎《ちょうずや》で手と口を清め、鳥居に向かうと、そばに『大豊神社』と書かれた石碑が建っていた。

境内はあまり広くはなく、奥の階段の上に、神様がお祀りされている本殿らしき小さなお社《やしろ》が見える。

（狛ねずみはどこにいるんだろう）

周囲を見回してみたが、すぐには見つからなかったので、とりあえず、まずは本殿にお参りをしようと、私は階段を上った。お社の前には、

御祭神《ごさいじん》
応神天皇《おうじんてんのう》・勝運ノ神
少彦名命《すくなひこなのみこと》・医薬祖神
菅原道真《すがわらのみちざね》・学問ノ神

と書かれた札が掛かっている。

（学問も医薬も私にはあまり関係ないけど、勝運は欲しいかもしれない）

私は賽銭箱にお金を入れると、手を合わせた。

せっかくお参りをしたので、何か御利益があるといいなと思いながらふと右を見ると、隣は稲荷社だった。更に奥に目を向けると、もう一つお社が見え、その前に背の高い男性と小学生ぐらいの男の子が立っていることに気が付いた。

「お願いします。どうか助けてください。あなたの力が必要なんです……！」

男の子が男性に向かって必死に何かを頼んでいる声が聞こえてきたので、私は二人の様子が気になり、耳をそばだてた。

「そんなことを言われてもなぁ……」

男性は顔をしかめて、ガシガシと頭を掻いている。

「とにかく無理だ。じゃあな」

男性は男の子に向かって冷たく言い放つと、背中を向けた。男性を引き留めようと、男の子がシャツの裾を掴み、

「待ってくださいっ」

と声を上げた。男の子がぐいぐいとシャツを引っ張るので、男性は辟易したように、小さな手を払いのけた。

(あっ！)

どんな事情があるのかは分からないが、小さな子供に対して、あの仕打ちはあんまりだ。

(どうしよう……声をかけようか)

二人がどういった関係なのか、見ているだけでは分からない。親子、ではないような気がする。

私は逡巡したが、やはり黙って立ち去ることはできないと思い、二人に歩み寄ると、勇気を出して声をかけた。

「あのっ……どういう事情かは分かりませんが、小さな子に対して、その態度はいかがなものかと思います……！」

見知らぬ女に突然声をかけられ、男性は驚いたようだ。パッと振り返って私を見ると、怪訝な顔をした。

「……！」

その顔を見て、私は息を飲んだ。長めの髪に、無精ひげ、目つきは鋭く、そして何よりも目立つのは、左頬に走る大きな傷痕。歳は三十代半ばぐらいだろうか。

(もしかして「ヤ」のつく怖い人？)

とんでもない人に声をかけてしまったのかもしれない。思わず体がぶるっと震えた。

　実はこの男の子の両親は借金をしていて、犯罪まがいの仕事をさせられているのかもしれない、という考えが脳裏に浮かんだ。そしてこの子は、両親を救いたくて、この男性に取りすがっているのかもしれない。

　テレビドラマのエピソードのような想像をして、言葉が出てこなくなった私に、

「あんた、誰？」

　男性は低い声で問いかけた。意外といい声で、目をつぶって声だけを聞けば、セクシーで格好いい男性だと勘違いしてしまいそうだ。

「わ、私は、通りすがりの旅行者です」

　震える声で答えると、男性はまじまじと私の顔を見た。

　男の子は、私が彼を足止めしたので、これ幸いとばかりに男性に駆け寄ると、タックルするように背中にしがみついた。

「あなたが頼みを聞いてくれるまで放しませんっ」

「あのっ、もしあなたがこの子の家族に犯罪を強いているなら、解放してあげてください。この子がこんなに頼んでいるんですから、お願いを聞いてあげてください」

　必死な男の子が可哀想になり、勇気を出して男性に向かって頼むと、彼は目を細め、私の顔を見た。

「あんた、まさかこの子が見えるのか？」

「見えますけど……」

問いかけの意味が分からず戸惑いながら答えると、男性はしばらくの間、無言で私を見つめ、不意に大きな溜息をついた。

「大国主命《おおくにぬしのみこと》が、縁を結んだってことか……」

「……？」

男性の言葉の意味が分からず首を傾げた私に向かって、

「ああ、もう、仕方ねぇなあ。ついて来いよ」

彼は顎をしゃくった。そして、しがみついている男の子の手を取ると、大股で歩き出した。

（もしかして、組事務所に帰るのかな）

それならば余計に男の子のことが心配だ。私は彼について行くことに決めると、これから何が起ころうとも動じないよう、気合を入れた。もし危ないことになれば、すぐに警察に電話をしよう。さりげなくバッグからスマホを取り出し、手に握る。

せめて何事もないように神頼みをしておこうとお社に目を向けると「縁結び・健康長寿　大国社」と書かれた立札が立てられていて、そばに狛ねずみの像が建っていた。丸いフォルムが可愛らしい二体の狛ねずみは、片方は巻物を持ち、片方は水玉を持っている。

お社に手を合わせていると、

「早く来いよ」

階段の下から不機嫌そうに私を呼ぶ声が聞こえた。

「は、はいっ」

私は慌てて返事をすると、お社に背を向けて男性の元へと走った。


妙なことになってしまったと思いながら、男の子の手を引き『哲学の道』を行く男性の後について歩く。

(どこまで行くんだろう……)

「組事務所はこの辺りにあるのかな」ときょろきょろしていると、疏水の向こうに、焦げ茶色の屋根に白い外壁の雰囲気のいい家が見えてきた。小さな洋館といった風情の佇まいが『哲学の道』に似合っている。大きな窓が開け放たれていて、中に若い男性の姿が見えた。

大豊神社で出会った強面の男性は、私と男の子を引き連れ小さな橋を渡ると、その家に向かって歩いて行く。

(こんなお洒落な建物が組事務所なの?)

不思議に思っていると、道の端にブラックボードが置かれていることに気が付いた。ボードには、白いチョークで、

Cafe Path
～Lunch Menu～
Today's pasta set
Hot sandwich set
～Cafe Menu～
Cake set

と書かれている。

（えっ？　もしかして、ここ、カフェ？）

びっくりして、改めて建物を見ると、扉の横に『Cafe Path』と書かれた看板、扉に「Open」の札が掛かっていた。その下に「アルバイト募集」の貼り紙がある。この先、無職となる未来が待ち構えているので、私は思わず求人募集に目を向けた。

（勤務日数応相談。十時半～十八時まで。時給千円……か）

派遣の時給よりは大分安いが、アルバイトならこのぐらいが妥当なのかもしれな

い。

（まあ、京都で就職することはないだろうから、関係ないけど……）

私がぼんやりと貼り紙を見ていると、男性がカフェの扉を開けた。

すると中にいた若い男性――腰に黒いロングのエプロンを着けているので、恐らく店員――がすぐにこちらを振り返り、

「いらっしゃいま……なんや、誉《ほまれ》か」

愛想のいい声で挨拶をしようとしたが、途中で素に戻ったのか、不愛想な顔になった。そんな店員を見て、男性はにやりと笑うと、

「閑古鳥だなぁ、颯手《はやて》。今日も赤字か？」

とからかった。

どうやら、この男性と店員は知り合いのようだ。

誉というのが人相の悪い男性の名前で、颯手というのが店員の名前なのだろうか。

「大きなお世話や。――ん？　その人らは誰なん？」

颯手さんは誉さんの後ろに立つ私と男の子に気が付き、目を瞬いた。

「あー……ちょっと成り行きでな」

誉さんは店内に入ると、手近なテーブルに歩み寄り、腰を下ろした。男の子も誉さんの後に続いて店に入り、とことことテーブルに近付くと、ちょこんと椅子に腰かけ

る。その様子を見て、颯手さんが、

「また、えらいお人を連れて来たもんやね」

と目を細めた。そして、入口のそばに立ち尽くしている私に視線を移し、

「それで、あなたは誰なん？　どうぞ。入って来たらええよ」

と手招いた。

(この人は優しそうな人だ)

颯手さんの柔和な笑顔に安心し、私は、おずおずと店内へと足を踏み入れた。

「水無月愛莉といいます。東京から来た旅行者なんですけど、さっきそこの大豊神社でこの人と会って……」

事情を説明しようとすると、

「神谷《かみや》誉」

誉さんが私の言葉を遮ってぼそりと名乗った。

「ええと、こちらの神谷誉さんがこの男の子と何か言い合いをしてらっしゃったので、心配してついて来た次第です。すみません」

そう説明し、ぺこりと頭を下げる。どう見てもここは組事務所ではないようだし、颯手さんは涼やかな眼差しの好青年で、とても「ヤ」の付く人には見えない。私はようやく安堵して肩の力を抜いた。

「とりあえず、あんたも座れば」

誉さんがコンコンとテーブルを叩き、私の顔を見上げる。

「は、はい……」

二人とも一般人だろうとは思いつつも、やはり誉さんの顔は怖いので、緊張しながら正面の椅子に腰を下ろした。

「誉、もう少し愛想良うしよし。びっくりしたはるやん」

颯手さんは軽く誉さんを睨んだ後、私に向き直り、

「僕はこの店のオーナーで一宮《いちみや》颯手て言います」

と自己紹介をした。

「どうぞよろしゅう」

「よろしくお願いします」

会釈をすると、颯手さんも会釈を返してくれた。優雅な物腰と柔らかな京都弁が、いかにも京男という風情だ。

颯手さんは挨拶を交わした後、私の顔をじっと見つめた。

「――あなたも見えるんやね」

「えっ？　何ですか？」

颯手さんが小さな声で何か言ったが、良く聞こえなかったので、私は瞬きをした。

私と颯手さんのやり取りを聞いていた誉さんは、大人しく座っている男の子に視線を向けると、

「で、お前は何と呼べばいいんだ？」

と問いかけた。男の子は、私たちの顔を順番に見た後、

「阿形《あぎょう》とでも呼んでください」

と答えた。

（あぎょう？　名字かな？）

変わった名字だと思い、首を傾げる。

品のいいシャツに短パン姿の阿形君の目は小さいが賢そうな光を宿している。もしかすると、良家のお坊ちゃんなのかもしれない。

「んじゃ、阿形。さっきの話に戻るぞ。お前、一体俺に何を頼みたいんだ？」

誉さんが阿形君の目を見つめ問いかけると、阿形君は誉さんを見返し、

「吽形《うんぎょう》を……いいえ、ある女の子を捜して欲しいんです」

と悲しげな表情を浮かべた。

（うんぎょう？）

また妙な名前が出てきた。こちらも難読名字なのだろうか。

阿形君の言葉に、

「女の子?」

颯手さんが短くつぶやく。阿形君は頷くと、

「少し前まで、毎日、お社にお参りに来ていた女の子がいました」

と話し出した。

「けれど、ある日を境にぱったりと来なくなりました。最後に彼女がお社にやって来た日、彼女は泣いていて、お社に向かって『嘘つき』と叫びました。それ以来、命様《みことさま》はたいそう気に病まれてしまって。吽形は僕が気が付いた時には、いなくなっていたんです。恐らく、女の子を捜しに行ったんだと思います」

「命様?」

人の名前にしては不思議な響きだ。誉さんは首を傾げている私にちらりと目を向けたが、

「で、お前はその女の子がどの辺りに住んでいるのか心当たりはあるのか?」

あえて何も言わず、阿形君に話の続きを促した。

「年は七歳ほど。いつも赤いランドセルを背負っていて、夕方に一人でやって来ることが多かったです。一度、家族と一緒に来たことがあり、その時その子は『菫《すみれ》』と呼ばれていました。でも、どこに住んでいるのかは分かりません。氏子であれば、命様も把握していらっしゃるはずですが、ご存じないのだそうです」

「菫ちゃん、か……」

　颯手さんが顎に手を当て、考え込んだ。

「夕方に一人で大豊神社に来ることのできる小学生、ってことは、すぐそこの小学校の児童だろうな」

　誉さんが椅子に背を預け、長い脚を組んだ。

「この近くに小学校があるんですか？」

　私が尋ねると、颯手さんは顎から手を離し「うん」と頷いた。

「多分やけど……その菫ちゃん、うちの店にも来たことあるで」

「本当か？」

　誉さんが背もたれから身を起こし、颯手さんの顔を見上げる。

「桜の時期、それぐらいの年の女の子とお母さんが一緒に来はったことがあるねん。お母さんがその子のこと『菫』って呼んではったし、フォンダンショコラ食べて、えらい美味しい美味しい言うてくれてはったから、その親子のことはよう覚えてる」

「どこに住んでいるのか分かるか？」

「そこまでは分からへんわ。銀閣寺近くの児童公園の桜も綺麗や、みたいな話をしてはったから、あそこらへんに住んではるんやろうとは思うんやけど」

　その言葉を聞いて、一度前のめりになった誉さんが、再び背もたれに体を預けた。

「大雑把な情報だな」

誉さんは溜息をついたが、阿形君は、

「それが分かっただけでもありがたいです。もし吽形が菫さんの近くにいるのなら、吽形の気配を追えば捜せると思いますから」

嬉しそうに両手を合わせた。

「すぐに行きましょう」

立ち上がった阿形君を見て、誉さんが、

「やれやれ」

と面倒くさそうな声を出す。

「僕の姿はあなたたち以外には見えないですから、お手伝いをしてくださる人間が必要なんです」

阿形君は「お手数をかけます」と言うと、申し訳なさそうに頭を下げた。

(『僕の姿はあなたたち以外には見えない』?)

阿形君の言葉の意味が分からず戸惑っていると、誉さんが私の顔を見て吐息した。

そして、

「こいつは神様の御使いだから、普通の人間には姿が見えないんだよ」

ぶっきらぼうにそう言った。

「え……神様の御使い？　普通の人間には姿が見えない？」

ぽかんと口を開けた私に、誉さんは、

「察しが悪いな、あんた。大国社の前でこの子を見つけただろう」

と呆れた視線を向ける。

「いや、神様の御使いって……何ですか、それ」

何の冗談だろう。

（神社の男の子とか……そういうことかな）

現実的な説明を求めて颯手さんの方を見ると、颯手さんは涼しい微笑みを浮かべたまま、

「このお人は、大豊神社の狛ねずみ。巻物を持つ口を開けた方、学業成就の御利益のある阿形の狛ねずみの化身やねん」

と衝撃の事実を口にした。

「狛……ねずみ？」

思わずまじまじと阿形君の顔を見る。阿形君はにこにこと笑っているし、誉さんも颯手さんも私をからかっているようには見えない。私は混乱してきて、片手を上げると、

「ちょ……ちょっと待ってください。狛ねずみの化身とか、冗談ですよね？」

半笑いで三人の顔を見比べた。

そんな私の様子に、誉さんは「まだ信じていないのか」という顔で眉間に皺を寄せ、颯手さんは苦笑いを浮かべている。

阿形君は私が困惑しきっていることを感じたのか、身を乗り出して私の手を取った。そして――。

気が付くと、私の手のひらの上には、一匹のネズミが乗っていた。

「えっ……えええええーっ！」

私は思わず大声を上げると、ネズミに顔を近付けた。白い体に赤い目をしたネズミが「チュッ」と鳴き、後ろ足で立ち上がる。

ネズミは私の腕に飛び移ると、一気に肩の上まで駆け上がり、私の頬に頭をこすりつけた。

「わわっ」

頬ずりのような仕草がやけに人間くさい。

私は恐る恐るネズミの頭を撫でると、誉さんと颯手さんの顔を見た。

「本当……なんですか？」

「だからそう言ってるだろ」

「だって人間がネズミになるなんておかしいですよ！　あれ、違うのか、狛ねずみが人間になるのがおかしい……んん？　狛ねずみがネズミになる……あれれ」

　混乱している私を落ち着かせるように、颯手さんが肩に手を置いた。

「ここは京都やで。不思議の一つや二つ、あると思といたらええよ」

「はあ……」

　妙な説得力を感じ、私は間抜けな声を上げた。確かに京都だったら、狛ねずみが人間になってもおかしくはない……ような気もする。

　私が落ち着いたところを見計らって、

「さて」

　誉さんが椅子から立ち上がった。

「行くか」

「どこへ？」

「さっき話していただろう、児童公園だよ。水玉を持つ無病息災の御利益のある叶形の狛ねずみを捜しに行くんだよ」

　誉さんは「あんたも来い」と顎をしゃくった。

＊

『Cafe Path』を出た私と誉さんは、連れ立って『哲学の道』を歩いていた。阿形君はネズミの姿のまま、私の肩の上に乗っている。

「児童公園ってどこにあるんですか？」

誉さんに尋ねると、

「銀閣寺の近くだ」

と短い答えが返ってきた。

私は隣を歩く誉さんの顔を見上げ、気になっていたことを聞いてみた。

「どうして誉さんは阿形君が見えるんですか？」

「どうしてって……まあ、そういう体質だからだよ」

誉さんはちらりと私を見ると、歯切れ悪く答えた。

（体質？）

霊感体質とか、そういうことなのだろうか。

「じゃあ、どうして私は阿形君が見えるんでしょう」

今度は自分のことを聞いてみると、

「そりゃ、あんたがそういう体質だからだろ」

さっきと同じような答えが返ってきて、私は口をへの字に曲げた。

「何の説明にもなっていませんよ」

「そうだな……じゃあ聞くが、あんた、神社の娘なんじゃないか？」

素性を言い当てられて、驚いた。

「確かに、母親の実家が神社ですけど……どうして分かったんですか？」

「神使《しんし》が見えるんだ。巫女の資質があるんだろう」

誉さんは、分かって当然と言わんばかりの顔をした。

「神使？」

「神使というのは、神様のお使いをしている動物たちのことだ。分かりやすいのは、狛犬だな」

「巫女は、神社でお守りとか売っている巫女さんのことですよね。あの人たち、皆、神使が見えているんですか？」

彼女たち皆が不思議なものを目にしているとは思えない。

「いいや。俺が言っているのは、シャーマン的な意味での巫女だ。巫女は、大昔、神様を体に降ろして、神託をしたり口寄せをしたりしていたんだよ。あんたには、そういう意味での巫女の資質があるということだ」

誉さんの説明に、私はますますびっくりしてしまった。

「でも今まで一度も、神様に乗り移られたことも、神使を見たこともありませんよ」

「なら、神様の方から、あんたに神使を見せているのかもな」

「どういうことですか？」

誉さんの言う意味がよく分からなくて、首を傾げたら、

「神様の方にあんたを必要としている理由があるのかもしれない」

誉さんは顎に手を置き、考え込むように続けた。

「それって、どんな理由なんでしょうか？」

「それは俺には分からない。ただ一つ言えることは、あんたが俺に声をかけなかったら、俺は阿形の頼みを聞いていなかったということだ」

まるで「卵が先か、鶏が先か」のような話になってきて、頭が混乱してくる。

(訳が分からなくなってきたから、一旦考えるのをやめよう……)

私は思考をシャットダウンすると、今度は、神使が見えるもう一人の人、颯手さんについて尋ねてみた。

「そう言えば、颯手さんも神使が見えるんですね」

すると、また、

「あいつもそういう体質だからな」

との答えが返ってくる。

（そういう体質の人が多過ぎる……）

誉さんの口ぶりだと、まるでどこにでもそういう人がいるような気がしてくるが、私のこれまでの人生の中で、神使を見たことがあると言った人とは、一度も出会ったことがない。

腑に落ちない気持ちのまま、

「誉さんと颯手さんは、どういったご関係なんですか？」

と続けて質問をすると、

「従兄弟」

端的な答えが返ってきた。

「従兄弟……ですか」

あまり似ていなかったので、意外に思う。

「俺の親父と、颯手の母親が兄妹なんだ」

「へえ……」

従兄弟同士だから、二人とも不思議なものが見えるのだろうか。

（霊感って、遺伝なのかな？）

そんなことを考えていると、

「そういえば、あんたは東京から旅行に来たんだって言っていたな」

今度は逆に誉さんが私に質問をしてきた。

「はい、そうですけど……」

「いつ来たんだ？」

「今日です」

「今日？」

私の答えに、誉さんが驚いた顔をする。

「それじゃ、まだろくに観光してないんじゃないのか？」

「そうですね。京都に来て一番に『哲学の道』に来ましたし……」

「なんだ、それならそうと言えよ。そうしたら無理に付き合わせなかったのに」

「いや、でも、有無を言わせない感じでしたよ」

どの顔でその台詞を言うのか、と思わず真顔になってしまう。

私は気を取り直すと、

「京都のガイドブックには目を通したんですが、地元の人から見て、お勧めの観光地ってありますか？」

と振ってみた。誉さんは「そうだな」と考え込み、

「平安神宮とかはどうだ？　京都を守護する神宮だし、庭園も綺麗だ」

と教えてくれる。

（平安神宮って、あの大きな鳥居がある神宮のことだよね）

バスの中から見た大鳥居のことを思い出していると、

「南禅寺の境内にある水路閣《すいろかく》もいいな。レンガ造りで、なかなか雰囲気がある」

誉さんはまた別の場所を教えてくれた後、ふっと微笑んだ。

（あ……）

誉さんが微笑むと、鋭い目元が柔らかくなり、「怖い」印象が薄らいだ。意外と優しい笑顔だ。

よく考えれば、一度は断っていたものの、阿形君のお願いを聞いてあげたり、こうしてあれこれと質問に答えてくれたり、観光案内をしてくれたりと、誉さんは親切だ。

（もしかするとこの人、見た目で損をしているタイプなのかもしれない）

「ヤクザかもしれないだなんて誤解をして申し訳なかったな……」と考えていると、
誉さんは遊歩道を左へ曲がり、坂を下り始めた。住宅街の間を抜け、広い道へ出る。

「ここは鹿ヶ谷通《ししがたにどおり》だ。児童公園はこの先だ」

誉さんはそう言って左右を確認すると、鹿ヶ谷通を横切った。

名前のイメージだと、動物が飛び出して来そうな道に思えるが、舗装された立派な道路だ。けれど、あまり車は通っていない。

　私も誉さんの後について道を渡る。

　更に住宅街の間の道を行くと、目の前に児童公園が見えてきた。それほど広くはなく、小学生らしき子供たちが数人、駆け回って遊んでいた。鬼ごっこでもしているのだろうか。

　すると、私の肩の上に乗っていた阿形君が、ピクリと立ち上がった。周囲を見回すように顔を動かした後、するすると私の肩から腕、手のひらへと下りて来て、地面へと飛び降りると同時に、ぽん、と人間の男の子の姿になった。

「阿形君」

「どうした?」

　私と誉さんが同時に声をかけると、阿形君は一点を見つめたまま、

「吽形を見つけました」

　と答えた。

　阿形君の視線の先には、一人でベンチに座る女の子がいた。ぼんやりとした表情で、駆け回っている子供たちを見ている。その膝の上に、一匹のネズミが乗っていたので、

「もしかして、あのネズミが吽形君なの?」

阿形君に尋ねると、阿形君は「ええ」と頷いた。

「ということは、あの子が菫ちゃんなのかな」

「そうです。いつもお社に来ていた女の子です」

「阿形」

誉さんが阿形君を見下ろし、

「あの子を見つけて、お前はどうするつもりだったんだ？」

と問いかけると、

「――そうですね……。できれば、あの子の願いを叶えてあげたいのです………」

阿形君は悲しそうに目を伏せた。誉さんは阿形君の頭を、ぽんぽんと軽く叩いた後、私を振り向き、

「あんた、あの子に声をかけて来てくれないか」

と頼んだ。

「俺が声をかけると、怖がらせちまうだろうからな」

「何て声をかければいいんですか？」

「そうだな……何故毎日お社に参っていたのか、どうして行かなくなったのか、聞いてみてくれ」

「分かりました」

私は頷くと、女の子に近付いて行った。驚かせないようゆっくりと歩み寄ると、女の子は私の姿に気が付き、顔を上げた。私は視線を合わせ、にこっと笑いかけると、自然な動作で女の子の前で立ち止まった。

「こんにちは」

「……こんにちは」

急に話しかけてきた「お姉さん」を見て、女の子は不思議そうな顔をした。

「私は愛莉って言うの。あなたのお名前は何て言うの？」

女の子に警戒されないように先に名乗ってから尋ねると、女の子は素直に、

「吉川《よしかわ》菫」

と名前を言った。

（やっぱりこの子が菫ちゃんなんだ）

いきなり大豊神社の話をすると、おかしく思われてしまうかもしれないと思い、

まずは広場で駆け回っている子供たちを指さして聞いてみる。

「菫ちゃんは皆と一緒に遊ばないの？」

すると菫ちゃんは寂しそうに、

「ううん。今日は遊びたくないの」

と首を振った。

「どうして？」

「……菫が楽しくしていたら、ママがかわいそうだから」

ぽつりとこぼされたつぶやきの意味が分からず、私は首を傾げた。

「どうしてママが可哀想なの？」

「ママは……一人でお空に行っちゃったから、菫が楽しくしていたら、きっと寂しいと思うの」

そう言うと、菫ちゃんの瞳がみるみる潤んでいく。

「えっ……あの、菫ちゃん……」

急に泣き出した菫ちゃんに動揺しておろおろとしていたら、私たちの様子を見ていた誉さんが近付いて来た。

「あっ、誉さん」

私がほっとした声を上げると、誉さんは菫ちゃんの前にしゃがみ込み、顔を覗き込んだ。

「どうした？」

菫ちゃんは俯いて目をこすりながら、

「――ママに会いたい。お空から帰ってきて…………」

と言ってしゃくりあげた。

「なるほど。そういうことか。――分かった」

誉さんは、ふっと息を吐くと、菫ちゃんの頭に手を置いた。そして、ゆっくりと撫でながら、

「なら、一緒に来い。俺が会わせてやるよ」

と低く優しい声でそう言った。

「本当？」

ぱっと顔を上げた菫ちゃんに、

「ああ、一度だけならな」

誉さんは微笑みながら頷く。そして、

「で、いいだろ？」

菫ちゃんの膝の上にいるネズミに話しかけた。ネズミは数回瞬きすると、人間くさいしぐさで頷いた。

「じゃあ、行くか」

誉さんは立ち上がると、菫ちゃんに手を差し出した。菫ちゃんがおずおずとその手を取る。

「行くってどこへ？」

「戻るんだよ、『Cafe Path』に」

誉さんは私を促し、菫ちゃんの手を引いて歩き出した。

菫ちゃんの膝から飛び降りたネズミが阿形君のそばまで走って行くと、阿形君は手を差し出し小さな体を掬い上げた。そのままネズミを肩に乗せ、菫ちゃんの横に並ぶ。けれど菫ちゃんには、阿形君の姿もネズミの姿も見えていないようだ。

（やっぱり、他の人には見えないんだな……）

不思議な気持ちで眺めていたら、誉さんが振り返って、

「あんたも早く来い」

と私を呼んだ。

私たちが連れ立って『Cafe Path』に戻ると、

「お帰り。もう、菫ちゃんを見つけて来たん？」

と颯手さんが目を丸くした。

誉さんは、店の中をきょろきょろ見回している菫ちゃんの手を離すと、

「颯手、十種《とくさ》の神宝《かんだから》の神法を使うから、いつものやつ貰って来てくれ。俺は準備をしてくる」

と言った。そのまま『Cafe Path』の扉を開けて出て行こうとしたので、

「誉さん、どこへ行くんですか？　菫ちゃんは？」

私は慌てて呼び止めた。誉さんは、

「颯手に任せる。あんたも時間があるなら、一緒にいてやってくれ」

と言うと、軽く手を振って、扉の外へと出て行ってしまった。

（一緒にいてやってくれと言われても、どうしたらいいの？）

戸惑っているると、颯手さんが、

「良かったら、誉が帰って来るまで散歩に行かへん？」

と私を振り向いた。そして、不安そうに私たちを見上げている菫ちゃんを見下ろし、

「菫ちゃんも一緒に行こ」

と、優しい声で誘った。

＊

今度は颯手さん、菫ちゃん、私、という三人連れで、『哲学の道』を歩く。エプロンを脱いだ姿の颯手さんは、何故か片手に空のペットボトルを下げていた。阿形君と吽形君はネズミの姿のまま、菫ちゃんの両肩にいるが、菫ちゃんは肩に二匹のネズミが乗っていることに、全く気が付いていない。

「菫ちゃん、前にお母さんと一緒にお店に来てくれはったよね」

颯手さんが、菫ちゃんの手を引きながら優しく問いかけると、菫ちゃんは『Cafe Path』を覚えていたのか、こくりと頷き、

「ママと一緒にケーキ食べた。熱々で、中からチョコレートが出てくるやつ……」

と小さな声で答えた。

「とっても美味しかった。ママも、美味しい美味しいって言ってた。言ってたのに……」

また鼻をすすり出した菫ちゃんを見て胸が詰まった。

これまでの菫ちゃんの言葉で、私はもう気が付いていた。

(菫ちゃんのお母さんは、きっと亡くなっているんだな……)

この子の様子を見ると、お母さんが亡くなったのは最近のことなのかもしれない。

病気なのか事故なのかは分からないが、幼い子供を残してこの世を去るのは、どんなに無念だっただろう。

そう思うと、自分のことではないというのに、胸が痛くなった。

「菫ちゃん、後で皆でケーキ食べよ。皆で食べたら寂しくないで」

颯手さんが慰めるように、小さな手をぎゅっと握る。

ふと気が付くと、ネズミの絵が描かれた絵馬のある橋まで辿り着いていた。颯手さんは橋を渡り、大豊神社の方向へ歩いて行く。

参道の狛犬の前まで来ると、菫ちゃんの足がぴたりと止まった。

「菫ちゃん？　どうしたん？」

急に足を止めた菫ちゃんの顔を颯手さんが見下ろすと、

「菫、この神社嫌い」

菫ちゃんは頬を膨らませて怒った声を上げ、彼の手を振り払った。

その言葉を聞き、菫ちゃんの肩の上で、ネズミたちが見るからにうな垂れる。

「どうして嫌いなの？」

私は菫ちゃんの前にしゃがみ込み、潤み始めた瞳を見つめた。

「この神社の神様は嘘つきだから。病気の神様なのに、ママの病気を治してくれなかった。菫、毎日お願いに来たのに……」

阿形君が、菫ちゃんが毎日のようにお参りに来ていたと話していたことを思い出す。そして、ある日を境にぱったりと来なくなったと――。それはきっと、お母さんが亡くなってしまった日なのだろう。

「菫ちゃん。神様も天命には逆らえへんねん」

颯手さんは菫ちゃんの頭を撫でると、私の方を向いた。

「僕はここでいただいてくるものがあるから、少しの間、この子を見といてくれへんやろか。すぐ戻るし」

私はしゃがんだまま頷き、参道に入って行く颯手さんを見送った後、菫ちゃんの両手を取った。小さな手をぎゅっと握り込む。

「菫ちゃん、お母さんがいなくなって、つらいんだね」

静かに声をかけると、菫ちゃんは大きな涙の粒をこぼした。

嗚咽の声を上げ始めた彼女の肩を抱き寄せ、頭を撫でる。ネズミたちも菫ちゃんを慰めるように頬ずりをしている。

そうしてしばらくの間、菫ちゃんを抱きしめていると、足早に颯手さんが戻って来た。手に持ったペットボトルに水が入っている。どこで汲んで来たのかと首を傾げたら、私の視線に気が付いたのか、颯手さんは、

「椿ヶ峰《つばきがみね》の御神水《ごしんすい》や。これで結界を張るねん」

と言った。短い説明だったので、意味がよく分からず更に首を傾げると、

「大豊神社は、平安時代、宇多《うだ》天皇の病気平癒のために、尚侍藤原淑子《ないしのかみふじわらのしゅくし》が創建したと伝えられてる神社やねん。でもそれより以前は、椿ヶ峰いう山を御神体とした山霊崇拝のお社やってん。この水は、その椿ヶ峰から流れ出ている御神水で、身も心も洗い清めてくれるゆうもんなんやで」

と詳しく教えてくれた。

「結界っていうのは？」

「結界いうんは、現世と神域を区切るものやね。今回の場合は、黄泉《よみ》やけど……。神社でも鳥居なんかで境界を区切ってるやろ？　その鳥居の役目を、この御神水にしてもらうねん」

「はぁ……？」

意味がよく分からず、間抜けな相槌を打ってしまう。

颯手さんはそんな私を見て、

「まあ、分からんかったら、見といたらええよ」

と言ってくすりと笑った。

『Cafe Path』に戻ると、颯手さんは、

「愛莉さんと菫ちゃんは、そこに座ってて」

と言って、入口近くのテーブルを指さし、二階へと上がって行った。言われた通り、二人で椅子に座って待っていると、颯手さんは、すぐにシート式のモップとバケツ、雑巾を持って戻って来て、突然、店内のテーブルを隅に寄せ始めた。

「掃除ですか？　手伝いましょうか？」

店を出る前に颯手さんは扉に「Close」の札を下げていたが、それにしても掃除を始めるなんて急だなと思いつつ声をかけると、

「別にええで。ゆっくり座っといて」

と断られてしまった。

テーブルを寄せて店の一角に空間を作った颯手さんは、モップで床の埃を払うと、今度はバケツに水を汲んできて、雑巾で水拭きを始めた。せっせと掃除している颯手さんをただ見ているのは、何だか申し訳ないような気持ちになってくる。

居心地の悪い思いで待っていると、不意にカランとドアベルが鳴って、店内に人が入って来た。

「あっ、今は閉店中……」

振り返って声をかけようとして、思わず目を見開いた。

長めの髪を後ろに一つ結びにし、無精ひげを剃り、ぱりっとした白いシャツを着た誉さんがそこにいた。最初に出会った時は三十代半ばだろうと思っていたが、今の誉さんは清潔感があって、若く見える。心なしか鋭い目元も和らいで見え「怖い人」という印象も薄れていた。

誉さんが店内に入って来たことに気が付いた颯手さんが、

「ああ、誉。お帰り。御神水いただいて来たで」

掃除をしていた手を止め、雑巾をバケツに入れて立ち上がり、カウンターに置いてあったペットボトルを指差した。

「後は場を塩で清めて、十種の神宝図を描くだけや。ちょっと待ってて」

颯手さんは掃除道具を持って二階に上がって行くと、今度は和紙と硯と墨と筆、小さな紙の包みを持って戻って来た。

（書道をするの？）

書道道具を私と菫ちゃんが座る隣のテーブルに置いた颯手さんは、先ほど掃除をしていた場所に向かい、紙の中から白い粉を取り出してぱらぱらと撒いた。そして、紙をズボンのポケットにしまうと、カウンターから御神水のペットボトルを持って来て、硯の中に入れた。椅子に座り、墨を磨ると、筆に含ませ、和紙の上に何やら記号のようなものを描き始める。

「これは何ですか？」

興味を引かれて颯手さんのところへ近付くと、真剣に描いている颯手さんの代わりに、誉さんが、

「十種の神宝を図にしたものだ。十種の神宝とは、沖津鏡《おきつかがみ》、辺津鏡《へつかがみ》、八握剣《やつかのつるぎ》、生玉《いくたま》、足玉《たるたま》、死返玉《まかるかえしのたま》、道返玉《ちがえしのたま》、蛇比礼《おろちのひれ》、蜂比礼《はちのひれ》、品々物比礼《くさぐさのもののひれ》の十種のことを言う。この神宝を揃えて言霊《ことだま》を唱えれば、死者が蘇ると言われている。でもそれらは伝説上のものでな。手に入るわけがないから、今回は図で代用だな」

と教えてくれる。

「死者が蘇る？」

びっくりして、誉さんの顔を見上げたら、

「代用品だから、無理だ」

誉さんはあっさりと否定した。けれどすぐに、

「でもまあ、魂を呼び寄せることぐらいは、何とかできるだろう」

と続ける。

颯手さんは図を描き終わると、

「できたで」

と言って誉さんに和紙を手渡した。

誉さんは頷いて受け取ると、ペットボトルを手に取り、颯手さんが掃除をした場所に歩み寄った。

「何が始まるんですか？」

立ち上がった颯手さんに近付いて聞いてみると、

「今から菫ちゃんのお母さんを呼び寄せるねん」

颯手さんは小声で答えた。

「亡くなったお母さんを？」

そんなことが可能なら、絶対に菫ちゃんをお母さんに会わせてあげたい。

私の声が聞こえたのか、菫ちゃんが、

「ママに会えるの?」

目を輝かせて、椅子から飛び降りた。

「シッ」

颯手さんは唇に指を当て、私たちに静かにするよう促した後、微笑みながら頷く。

「ここで静かに見といたらええ」

私たちは誉さんに期待と不安を込めた視線を向けた。

誉さんはペットボトルの蓋を開けると、颯手さんが拭き清めた空間に円形に御神水を撒いた。そして御神水で境界を作った空間の中に神宝の図を置くと、腰を下ろし正座をして、両手を合わせた。すうっと息を吸った後、

「『ひと　ふた　み　よ　いつ　む　なな　や　ここの　たり』」

と朗々と数を数え出した。

いつの間にかその両隣に人の姿の阿形君と、阿形君によく似た女の子がいて、同じように正座をしている。

誉さんは数を数え終わると、

「『布瑠部《ふるべ》　由良由良止《ゆらゆらと》　布瑠部《ふるべ》』」

と続けた。不思議な音の響きと、歌を歌うように言霊を唱える誉さんの低い声が耳に心地いい。

すると、御神水で区切られた空間がゆらりと揺れた。

「……！」

息を飲み見守っていると、陽炎のような揺らめきの中に、三十代ぐらいの小柄で優しげな面立ちの女性の姿が浮かび上がってきた。身に着けている白色の着物が、彼女がもうこの世にいない人なのだと感じさせる。

「ママ！」

着物姿の女性を見て、菫ちゃんが大きな声を上げた。

女性の幻は菫ちゃんの方へ視線を向け、儚げに微笑んだ。唇を開いて何か言っているようだが、声は聞こえてこない。

「ママ、ママ……」

菫ちゃんが女性の方へ向かって駆け出したので、

「待ち！」

颯手さんが慌てて手を伸ばした。けれど届かず、菫ちゃんは結界の中に飛び込んで行った。

「ママっ！　どうして死んじゃったの？」

お母さんに取りすがろうとした菫ちゃんの手が空を掻く。

「えっ……？」

何も掴めなかった自分の手を見下ろし、菫ちゃんが呆然とした顔になった。

「あかん、菫ちゃん。出といで」

颯手さんが結界のそばに駆け寄り、菫ちゃんを呼んだが、菫ちゃんは、

「ママ、ママ……」

と泣きながら何度もお母さんに手を伸ばした。お母さんも菫ちゃんに手を伸ばす。

「この中は今、黄泉と繋がってる。このままだと連れて行かれるかもしれない。颯手、菫を結界の外に出せ！」

誉さんが鋭い声を上げた。

「そんなことを言うても、僕まで入ったら結界が壊れるで。そしたら、菫ちゃんのお母さんは行き先に迷う」

「いいから、出せ！」

緊迫したその声を聞いて、手に汗を握っていた私は、咄嗟に菫ちゃんのところへ走った。

「菫ちゃんっ」

結界の中に手を伸ばし、菫ちゃんを引き寄せようと腕を掴む。

その瞬間、誰かの意識が一気に私の中に流れ込んで来た。

——今でもはっきりと覚えている。菫が生まれた時のこと。難産で苦しかったけれ

ど、やっとこの子に出会えた時、幸せな気持ちでいっぱいになった。菫はすくすくと成長し、あっという間に、ハイハイをしたり、言葉を発したりするようになった。

しっかりと歩けるようになると、いちご狩りや遊園地に連れて行った。小学生になり、登校する菫を、毎朝玄関で見送った。そして今年の桜の季節、『哲学の道』にお花見に行き、疏水沿いのカフェで一緒にケーキを食べた。「美味しい」と言って笑う菫。けれど私はその時には病に侵されていて……。

（もっとこの子の成長を見ていたかった。こんなに小さいのに、この子を置いて死んでしまうなんて、自分が不甲斐ない。母親がいなくなり、菫はこの後、どうなるんだろう。父親と二人で、しっかりと生きて行けるのだろうか。家事は誰がするの？　ご飯は誰が作るの？　父親はちゃんと学校行事に参加してくれるだろうか。菫は寂しい思いをするんじゃないだろうか。悲しい、つらい……つらい……菫を連れて行ってしまいたい）

そんな負の感情が、自分のことのように私の胸の内に渦巻く。

「ママ……？」

目の前に、私の顔を見上げる菫ちゃんがいた。

私は菫ちゃんを見つめ返し、手を伸ばした。

押し寄せる負の感情の中に、一筋のあたたかな感情を見つけ、私はその言葉を紡いだ。

「菫……ママは先に逝ってしまうけど、あなたは強く生きてちょうだいね。いつでも見守っているから………」

そっと菫ちゃんを抱き寄せると、菫ちゃんが私に抱き付いてきた。ぎゅっと、強く。私はその体を、菫ちゃんよりも強い力で抱き返した。

「『魂よ　黄泉へ帰り給え』」

遠くに、誉さんの静かな声が聞こえた。それと同時に、負の意識がふっと離れ——

私はその場にくずおれた。


目を覚ますと、颯手さんが私の顔を心配そうに覗き込んでいた。

「あ、起きはった！　良かったわ。誉、愛莉さんが目覚まさはったで」

ほっとしたように微笑んだ颯手さんを見上げ、

「私……どうしたんですか？」

私はまだぼんやりとした頭のまま問いかけた。

「菫ちゃんのお母さんに体を貸した後、倒れはってん」

寝かされていた椅子からゆっくりと身を起こす。体の上にブランケットがかけられていたのか、起き上がると同時に、床の上に落ちた。

颯手さんではない男性の腕がそのブランケットを拾う。目を向けると、誉さんだった。

今は、きっちりと留めていたシャツのボタンを開け、腕をまくったラフな姿になっている。

「菫ちゃんは……？　菫ちゃんのお母さんはどうなったんですか？」

倒れる前の出来事をハッと思い出し、前のめりに尋ねると、

「菫ちゃんは、もう家に帰らはったで。お母さんに言葉をもろて、落ち着かはったみたいや。『いつも見守っている』って言うて貰えたから、きっともう大丈夫やろ」

颯手さんがそう言って微笑んだ。けれど、私は、

「いいえ……！」

と首を振った。

「違うんです。本当は菫ちゃんのお母さんは悔しかったんです。小さな菫ちゃんを残して死んでしまったことが、悔しくてつらくて、病に負けた自分が不甲斐ないって、すごく後悔していました。菫ちゃんのことも、とても心配していて……」

そう口に出したとたん、心に菫ちゃんのお母さんの思念が蘇ってきて、突然涙が溢れてきた。

「どうしたん？　愛莉さん」

颯手さんが目を見開き、私の顔を覗き込む。

「胸が痛くて」

止まらない涙を拭っていると、誉さんにハンカチを差し出された。

「どうやらあんたは境界線が薄いみたいだな」

「境界線が薄い？」

ぐすぐすと鼻をすすりながら誉さんを見上げると、誉さんは、

「他人との心の境界線が薄いんだ。だから、他人の負の感情に触れると、その気持ちが雪崩れ込んでくる。自分ではない人間の心の痛みまで、まるで自分のことのように抱え込んでしまうんだろう」

と腕を組んだ。

「神社の娘ってだけじゃない。その境界線の薄さが、巫女の資質に影響を与えているんだな」

「……？」

意味がよく分からず、私は首を傾げたが、

「あんた、元々神的なものや霊的なものと交信しやすい力を持ってたんだ。大国主命がそのスイッチを入れたのかもな」

誉さんは納得したように頷いている。

「大国主命って、狛ねずみがいたお社の神様のことですか？」

確かあのお社は『大国社』だった。

「国造りの神様であり、縁結びの神様でもある。きっとあんたと神的なものとの縁を結んだんだろう」

誉さんの言葉にびっくりして、少し涙がおさまった。

「あんた、もう少し、他人との境界線を引けるようになった方がいいな。そのままだと、普通に生きるにも生きづらいだろ」

優しさを含んだ声で言われ、私は驚いて誉さんを見つめた。そんな風に言って貰えたのは初めてだ。

「ネガティブですぐ泣く私は、重たい女だって言われました」

別れた恋人のことを思い出し、自嘲気味に言うと、誉さんは、

「そんなことを言う奴は、他人の痛みが分からないんだ。重たい女、上等じゃねぇか」

唇の端を上げ、不敵に笑った。その言葉と笑顔に、思わずドキッとした。

その時、

「誉さん、颯手さん、愛莉さん、ありがとうございました」

「ありがとうございました」

凛とした男の子と女の子の声が聞こえた。振り向くと、人の姿を取った阿形君と、阿形君とそっくりの顔をした女の子が、並んでこちらを見ていた。阿形君の隣にいるということは、女の子は吽形の狛ねずみなのだろうか。

（吽形君……ううん、吽形ちゃんは女の子だったんだ……）

「これで命様も御心が安らぎましょう」

「またどうぞお社へお参りください」

そういうと、阿形君と吽形ちゃんの姿が掻き消えた。大豊神社の狛ねずみの像に戻ったのかもしれない。

「命様って大国主命のことでしょうか？」

誉さんを見上げると、

「医薬の神・少彦名命のことだろうな」

との答えが返ってくる。

「神様だったら、どうして菫ちゃんのお願いを聞いて、お母さんの病気を治してあげなかったんでしょうか」

私は立て続けに問いかけた。

（気に病むぐらいなら、治してあげたら良かったのに）

私の気持ちを察したのか、誉さんは、

「神様っていうやつは、個人の願いを直接的に叶えることはできないんだよ。考えてもみろ、『長生きしたい』だの『病気を治してくれ』だのという願いを、霊験で全部叶えていたら、皆、不老不死になっちまうだろうが」

と、静かな声で答えた。

「じゃあ、神様にお願いしても、無駄だっていうことなんですか？」

一生懸命お願いをしても願いを叶えてもらえないだなんて、と悲しい気持ちになっていると、颯手さんが、

「その代わり神様は、願いが叶う道に進めるようご縁やきっかけをくれはるねん。例えば愛莉さんが『結婚したい』とお願いしたとするやん？　そうしたら神様は、誰か男の人との縁を結んでくれはる。でも、その縁はただの縁やから、そこから恋人になり、結婚に繋げるのは、自分の努力次第やねん」

誉さんの言葉を引き継ぐように教えてくれた。

「なるほど……」

きっかけはくれるが全て神様任せではダメだ、ということなのだろうか。

「きっと命様は、菫ちゃんのお母さんにもたくさんのご縁を結んであげはったと思う。それは、いい病院やったり、いいお薬やったり、お医者様やったり、看護師さんやったりしたかもしれへん。ほんで、菫ちゃんのお母さんも、病気に負けないよう、

めっちゃ頑張らはったと思う。……でも、それでもあかんかったんは、天命やったんや」

颯手さんは、悼《いた》むように目を伏せた。

菫ちゃんのお母さんのことを思い、再び切なくなった。私は胸の痛みに押しつぶされないよう、努めて気持ちを切り替えると、

「ところで、誉さんと颯手さんは一体何者なんですか？」

疑問に感じていたことを問いかけた。神使を見ることができたり、死んだ人間を呼び寄せることができるなんて、普通ではない。

「そうやなぁ……僕はしがない陰陽師のカフェオーナーやけど、誉は拝み屋のサラブレッドってところやろか」

颯手さんの言葉に、

「陰陽師？　拝み屋？」

私は目を丸くした。陰陽師というのは、確か、主に平安時代に活躍していた呪術の専門家のことではなかっただろうか。朝廷の陰陽寮という組織に属していた役人で、天体の観察や暦の作成、時刻の管理、占いなどを行っていたのだと、学生時代に日本史の授業で習ったことがある。

「僕と誉は従兄弟やねんけど、祖母の先祖が陰陽師やったみたいでな。その血が残っ

てて、たまに妙な力のある子が生まれんねん。でも、誉はそれだけやなく、母親が巫女やったから、そっちの血も引いてて、陰陽道と神道の両方の力を持ってるんや。だからサラブレッド。その特技を活かして、超常現象的な困りごとが起こった人の依頼を受けて、解決する仕事をしてるねん」

そう説明して笑った颯手さんを、誉さんは睨みつけ、

「馬みたいな言い方、やめろ」

と口を尖らせた。

「それに、俺は拝み屋もやっているが、ちゃんとした本業がある」

「本業言うても、開店休業やない。また打ち切りになったんやろ？」

「……うぐっ」

笑いながら言った颯手さんの言葉に、誉さんが呻いた。

「打ち切り？」

「誉は漫画家もやってるんやで」

「えぇっ！　漫画家？」

私は尊敬のまなざしで誉さんを見上げた。漫画を描けるなんて、凄い人だ。

「でも、誉の描く漫画は難し過ぎて人気が出ぇへんから、打ち切りになることが多いねん。そやし、しょっちゅう大豊神社に、仕事のご縁を結んでもらおうと思て、お参

りに行ってるんやろ？」

「黙れ、颯手」

面白がっている颯手さんに、誉さんがぴしゃりとした声をかける。そんな二人のやりとりに、私は、ふふっと笑ってしまった。

ふと、窓から差し込む光に眩しさを感じ、外に視線を向けると、

「えっ、もう夕方？」

西日で赤くなった空が見えた。慌てて腕時計を確認すると、針は十八時を回っている。

「どうしよう……今日の宿、決まってない」

狼狽すると、誉さんと颯手さんが「えっ」という顔になった。

「そうなん？」

「行き当たりばったりで出て来たので……」

「あんた、見かけによらず、大胆だな」

「どこでもええんやったら、手配しよか」

颯手さんの救いの言葉に、

「お願いします……！」

私は両手を合わせた。

颯手さんがあちこちに電話をかけてくれたので無事に宿が見つかり、私はスーツケースを取りに京都駅に戻ることにした。二人に何度もお礼を言い、『Cafe Path』を後にする。

バスの走る大通りへと向かって『哲学の道』を背に坂を下りる途中、私は『Cafe Path』を振り返った。

(今日は不思議な体験をしちゃったな……)

本業漫画家の拝み屋・誉さん。本業カフェオーナーの陰陽師・颯手さん。

人の痛みに寄り添える素敵な人たちだったと思う。

私はふと「重たい女、上等」と言ってくれた誉さんの不敵な笑顔を思い出した。胸の中があたたかくなり、口元に笑みが浮かぶ。軽やかな足取りで歩を進めながら、

「明日はどこへ観光に行こうかな……」

と声に出すと、暮れていく夕日を見上げた。

二章　岡﨑神社の狛うさぎ

「ついに無職かぁ……」

平日の午前九時。私はベッドの中でゴロゴロしながら天井を見上げていた。

いつもならとっくに出社している時間だが、もう今日から会社に行く必要はない。

朝の通勤ラッシュに巻き込まれなくてすむと思うと、気が楽だった。

けれど、

「次の仕事どうしよう……」

頭の中を占めるのは、その心配ばかりだ。

派遣会社からは、早くも次の仕事の紹介が入っている。

「また営業事務かぁ……」

私は寝転がったまま、充電していたスマホを取り上げ、メールを開いた。

昨日届いた機械部品メーカーの求人にもう一度目を通し、溜息をつく。

(何だか、気が乗らないな)

今までその職種で嫌な思いをしてきた経験が足を引っ張り、乗り気になれない。

(紹介をしてもらえるだけ、ありがたいんだろうけど……)

どうしても、また、パワハラ上司や、お局さん、伊関さんのようなキツイ人がいて、強く当たられたら嫌だな、という気持ちになる。

（違う職種に就いてみようか。例えば、今まで経験したことのない販売職とか）

そう考えて、百貨店の化粧品売り場でコスメを販売したり、アパレルブランドで流行の服を販売している自分の姿を想像してみた。

（……何だか違う）

自分はメイクや服に詳しいわけでもないし、それほど美人でもお洒落でもない。

（じゃあ、飲食店とか？）

今度はそう考え、ふと、京都の『Cafe Path』のことを思い出した。確か扉の所に、求人募集の貼り紙が出ていたはずだ。

「…………」

自分が『Cafe Path』で働いている姿を脳裏に思い描き、思わず考え込む。

「……まさか、愛莉、京都まで行くつもり？」

「そんなの無理でしょ」と自分に言い聞かせるように独り言を言った後、私はスマホを枕元に放り投げ、ごろんと横を向いた。

けれど、一度、思いついてしまった考えは、なかなか手放せない。

誉さんと颯手さんの顔を思い出し、次第に私の心は懐かしい気持ちでいっぱいになった。

「神様がくれるのは、ご縁……願いを叶えるのは、自分の力………」

そうつぶやくと、私はむくりと身を起こした。放り投げたスマホを手に取ると、『Cafe Path』の名前を検索する。すると、グルメサイトに名前がヒットし、ページを開けると、すぐに電話番号を見つけることができた。

「――よし！」

私は意を決してその電話番号を入力すると、通話ボタンを押した。

*

緑の映える鮮やかな大文字山を見上げる。

六月の下旬。私は京都に引っ越して来た。

「築三十年で古いと聞いていたけど、案外綺麗」

目の前に建つアパートは、木造二階建て。一階には扉が三つ、二階にも扉が三つ付いた六部屋の構造になっている。赤い屋根と白い壁の組み合わせが可愛らしい。

今月の頭に、一念発起して『Cafe Path』に電話をかけた私は、オーナーの颯手さんと話し合い、めでたくアルバイトとして採用されることになった。けれど『Cafe

Path』で働くためには、京都に引っ越さなければならない。当初は自分でマンションを探そうと思っていたのだが、颯手さんが「古くてもいいのなら」とアパートを斡旋してくれることになり、家賃が安かったこともあって、ありがたくその申し出を受けたのだった。

この古いが可愛いアパートは、元々は亡くなった颯手さんのおばあさんが大家をしていたものらしく、今はお母さんが管理しているのだそうだ。

東京で住んでいたのは家具付きのマンスリーマンションだったので、引っ越しの荷物はほとんどなかった。不要な物は実家の父親に車で取りに来てもらい、服や、小型家電などの細々としたものは、宅配便でこのアパートに送った。最低限必要な家具は、新しく購入し、後日届く予定だ。

転職のために京都へ引っ越すと伝えると、父親は、

「また仕事を辞めたのか。どうせ人間関係なんだろう。お前は昔から細かいことを気にし過ぎなんだ。いちいちそんなことで仕事を辞めていたら、社会人失格だぞ」

と呆れたように言った。父親は、私が幼い頃から、度々私のことを「気にし過ぎ」だと言う。そう言われるたびに、私は自分が打たれ弱い気質であることを、恥ずかしく、情けなく思っていた。

先日の父親との会話を思い出し、気分が落ち込みかけたが、せっかく新天地に来た

のだ。私は気を取り直すと、アパートの入口へと向かった。

外付けの階段から二階へ上がり、一番奥の扉へと向かう。

「南の角部屋なんて、ラッキーだなぁ」

中はどんな内装なのだろうとわくわくしながら廊下を歩いていると、急に真ん中の部屋の扉が開き、

「わっ」

「うおっ」

出てきた人物とぶつかりそうになって、私は咄嗟に足を止めた。けれどびっくりしたのは私だけではなかったようで、相手の男性も驚きの声を上げて身を引いた。

「すみませ……誉さん！」

出てきた男性の顔を見て、大きな声を上げる。鋭い目つきで頬に傷のある相手の男性は、誉さんだ。

「ああ、なんだ、あんたか」

誉さんは私の顔を見ると、最初ほど、驚いた様子もなくそう言った。

「そういや引っ越してくるって颯手の奴が言ってたな」

「もしかして、誉さんもこのアパートに住んでいるんですか？」

「そうだが？」

「聞いていなかったのか?」というように視線を向けられ、私は目を丸くした。どうやら、誉さんが隣人のようだ。

(そういえば、颯手さんと誉さんは従兄弟同士なんだっけ)

颯手さんのお母さんの管理するアパートに、誉さんが住んでいてもおかしくはない。

(誉さんが隣に住んでいるなんて、何だかちょっと緊張する……)

「どこかに出かけるつもりだったんですか?」

誉さんは私の問いかけに頷くと、

「ネームに行き詰まったから、休憩がてらコーヒーでも飲みにな」

と、無精ひげの生えた顎を掻いた。

「もしかして、『Cafe Path』に行くんですか?」

「ああ」

「それなら、私も行きます」

仕事が始まる前に、颯手さんに挨拶をしておきたいと思っていたところだ。私は自分の部屋を確認するのを後回しにし、誉さんについて行くことにした。

鹿ヶ谷通沿いのアパートを出ると、私と誉さんは住宅街の間の坂を上り、『哲学の道』に入った。

今日もこの場所は穏やかで、疏水は静かに流れ、日差しを遮る葉桜が、風に揺られて音を立てている。遊歩道を誉さんと並んで歩きながら、

「お久しぶりです。これからよろしくお願いします」

私は改めて挨拶をした。

「颯手から、新しいアルバイトがあんたに決まったって聞いた時は驚いたぜ。よくもまあ、あんな小さな店のために、東京から引っ越してくる気になったな」

「ぜひ働きたいなって思ったので」

「物好きな奴」

笑顔の私に、誉さんは呆れたような視線を向けたが、

「ま、これからよろしくな」

とぶっきらぼうに言った。

『Cafe Path』に着き、誉さんが扉を開けると、すぐに颯手さんが振り向き、

「いらっしゃい……なんや、お客さんと違うんか」

挨拶を途中で飲み込み、残念そうな声を上げた。けれどすぐに後ろにいる私に気が付くと、

「愛莉さん」

と笑顔を見せた。

「引っ越しは終わったん？」

そう問いかけられ、

「荷物、受け取っていただいてありがとうございました。おかげで助かりました」

私はお礼を述べた。先に発送していた荷物は、颯手さんが受け取ってくれていたのだ。

「全部部屋に入れてあるで。今日は挨拶にでも来てくれたん？　仕事は来週からやから、ゆっくり荷解きでもしといたらええのに」

「颯手、コーヒー」

颯手さんと私が話している横をすり抜け、誉さんがさっさとテーブルにつく。今日も店内に他の客はいなかった。

「まだ愛莉さんと話してんのに。しゃあないな、ホットでええの？」

「ああ」

颯手さんはしぶしぶと言った体でキッチンへと入って行く。

私は誉さんの向かい側に腰をかけると、テーブルの上に置いてあるメニュー表を手に取った。表のブラックボードに手書きされているのと同じランチメニューが記載されている。

「今日のパスタは『フレッシュハーブとレモンのオイルパスタ』。美味しそう」

ホットサンドイッチは、ハーブチキン、ベーコン&ポテト、トマト&モッツァレラチーズの三種から具が選べるようだ。セットのドリンクはコーヒーか紅茶で、単品だとカフェラテやオレンジジュース、レモネードなどもあるらしい。

「ケーキはフォンダンショコラ。シフォンケーキ。チーズケーキ。これ全部、颯手さんが作っているんでしょうか」

誉さんに尋ねると、

「みたいだな」

素っ気ない返事が返ってくる。

「一人で調理をして、接客もするなんて、颯手さん凄いですね」

感心して言うと、誉さんが、

「三月までは、大学生の女の子がバイトに来ていたんだ。でも就職を機に辞めちまってな」

と教えてくれる。

「だから求人をかけていたんですね。それから、一人でお店を切り盛りしていたなんて、大変だったでしょうね」

「そうでもない。普段、ここは閑古鳥だし、桜や紅葉のハイシーズンは、颯手の母親が手伝いに来るからな」

「閑古鳥やなんて、ひどい言われようや。誉が思ってるより、お客さんは入って来はるんやで。そんなん言うんやったら、もうコーヒー入れたげへんで」

　私たちの会話が聞こえていたのか、颯手さんが頬を膨らませながらコーヒーを運んで来た。誉さんの前にカップを置いた後、私の前にも同じものを置いてくれる。

「えっ？　私にも？」

　目を瞬くと、

「僕のおごりや」

　颯手さんはにこっと笑った。

「すみません、ありがとうございます」

　会釈をしてお礼を言った後、私は添えられたミルクとテーブルの上の砂糖をカップに入れ、スプーンをくるくると回した。コーヒーをこぼさないようそっとカップを持ち上げ、口を付けると、ほどよい酸味とコクが広がる。誉さんはブラックコーヒー派なのか、何も入れずにそのまま飲んでいるようだ。

「美味しいです。何だかほっとする味です」

　感想を述べると、颯手さんは、

「そんなこと言うてもろたん、久しぶりで嬉しいわ。どこかの誰かさんは、無言で飲むばっかりやし」

私に笑顔を向けた後、横目で誉さんの方を見た。誉さんはちらりと颯手さんを見上げたが、黙ってコーヒーを飲み続けている。

(この二人、何だかんだで仲がいいんだろうなぁ)

二人の様子を微笑ましく思っていると、

「そうや、愛莉さん。前回来はった時は結局観光には行けたん?」

颯手さんが、ふと思い出したように尋ねてきた。

前回の京都旅行では、初日は誉さんと颯手さんに出会い、狛ねずみの願いごとを叶えるのを見届けた。二日目は金閣寺と二条城を見に行った。嵐山や祇園も気になってはいたが、一泊二日の旅行だったので、あまりあちこち回ることはできなかった。

そう答えると、颯手さんは、

「そら残念やったなあ」

と言った後、

「ほんなら、仕事が始まるまで、誉に色々案内してもろたらええんちゃう?」

と誉さんの肩をぽんと叩いた。

「えっ?」

コーヒーを飲んでいた誉さんが驚いた拍子に軽くむせ、カップをガチャンとソーサーに置いた。

「どうせ暇やろ?」

「暇じゃねぇ。仕事がある」

誉さんは心外だと言わんばかりに颯手さんを睨みつけたが、

「ここでコーヒー飲んで油売ってる暇があるんやったら、愛莉さんを案内してあげたらええねん。開店休業の漫画家はん」

颯手さんはどこ吹く風で、薄く微笑を浮かべた。もしかすると「閑古鳥」と言われたことを根に持っていたのかもしれない。

「行かへんのやったら、もう誉にはコーヒー入れたげへん」

颯手さんにそこまで言われてしまい、

「ああ、もう……」

誉さんは苦い顔でガシガシと頭を掻いた。

「分かったよ。連れて行けばいいんだろ、連れて行けば」

「早よ、そう言うたらええねん」

不承不承の体で了解した誉さんを見て、颯手さんは涼しい顔で微笑んでいる。

「あの……何だか、すみません」

私は恐縮して誉さんに謝った。

「何であんたが謝るんだ?　——別に構わないさ」

誉さんは残りのコーヒーをあおると、

「じゃあ、今から行くか」

椅子を引いて立ち上がった。そのまま、扉に向かい、先に外に出て行ってしまったので、

「コーヒー、ごちそうさまでした……！」

私は慌てて颯手さんにお礼を言うと、誉さんの後を追った。


店の外に出ると、誉さんは橋の袂で、ちゃんと私を待っていてくれた。

私が追い付いて隣に並ぶと、

「行くか」

ぶっきらぼうに声をかけ、歩き出した。

「どこへ行くんですか？」

誉さんを見上げて問いかけると、

「平安神宮」

短い答えが返ってくる。

そういえば以前、誉さんにお勧めの観光名所を聞いた時、彼は平安神宮がお勧めだと言っていた。

「確か、京都を守護する神宮、なんですよね」

「ああ。よく覚えてたな」

誉さんが、ふっと口元を綻ばせる。目元が優しくなり、そんな誉さんを見て、私は思わずドキッとした。

（ギャップ萌え、ってやつなのかな……）

今の「ドキッ」をそう分析していると、誉さんが私を見下ろし、

「他に行きたいところがあるのなら、そちらに行くが……」

と言ったので、

「い、いいえっ！　平安神宮に行きたいです！」

慌てて両手を横に振った。

再び遊歩道を歩き、今度は『哲学の道』の南端を目指す。足の長い誉さんの一歩の幅は広く、ともすれば私は遅れがちになってしまうので、一生懸命ついて歩いていると、そのことに気が付いたのか、誉さんが歩く速度を緩めてくれた。

『Cafe Path』から『哲学の道』南端までは、それほど離れてはいない。十分もしないうちに辿り着くと、私たちは坂を下りて行った。

永観堂を過ぎ、岡崎エリアに入り、動物園の壁の横を歩いていると、

「京都市動物園か……昔はよく颯手と遊びに来たもんだな」

誉さんが不意に懐かしそうな声を上げた。

「誉さんと颯手さんの子供時代って、どんな感じだったんですか?」

興味を引かれて聞いてみると、

「そうだな……二人とも子供の頃から、見えないはずのもんがあれこれ見えちまって大変だったたな。俺は何でも追い駆け回して遊んでいたが、颯手は怖がりだったから、ぴーぴー泣いてたんだぜ」

と、意外な答えが返ってきた。あの落ち着いた京男の颯手さんが、ぴーぴー泣いている姿なんて想像できない。

「そんな俺たちを見て、ばあさんが力の使い方、抑え方を教えてくれたんだ。それからは、人並みに生活できるようになったたな」

「大変だったんですね」

人に見えないものが見えるというのは、どんな感覚なのだろう。

私は隣を歩く誉さんの横顔を見た。大きな傷痕が目に入り、

(新しい傷ではなさそうだけど、顔にこんなに大きな傷がつくなんて、一体何があったんだろう。もしかして、その『見えないはずのもの』に傷つけられたとか?)

と考えた。もしそうだとしたら、見えないはずのものが見える目を持つということは、私が想像する以上に大変なことなのかもしれない。

しばらく歩くと、左手に朱色の大鳥居が見えてきて、

「やっぱり大きいですね……！」

私は、改めてその大きさに驚いた。

「普通の鳥居の何倍ぐらいあるんですか？」

私の疑問に、誉さんが、

「この鳥居は、高さは約二十四メートル、幅は約十八メートルある。隣の京都国立近代美術館の四階からよく見えるから、まあ、それぐらいの高さがあるってことだな」

と答えてくれる。

「どうせ潜れないんだ。鳥居はいいだろ？」

誉さんは鳥居の方向へは行かずに、右手に見える平安神宮へと足を向けた。確かに彼の言う通り、鳥居は車道を挟むように建っているので、中を潜ることはできない。

平安神宮の正面へ続く公園の中の道を歩きながら、

「平安神宮って古い神社なんですか？」

と尋ねてみる。平安という名前の通り、視線の先に見える朱色の門は、平安時代の建物を彷彿とさせるような形をしている。すると、

「いいや、この神宮は平安遷都千百年を記念して、明治二十八年に建てられたんだよ」

と返ってきて、

「ええっ、意外と新しい神宮なんですね！」

私は驚きの声を上げた。

「だが、建物は平安時代の建物を模している。この応天門《おうてんもん》は朝堂院《ちょうどういん》の應天門《おうてんもん》をモデルにしているんだ」

「ちょうどういん？」

初めて聞く言葉に首を傾げると、

「平安時代に、政務や儀式、宴を行っていた建物のことさ。ちなみに、平安神宮の御祭神は、平安京を造った桓武《かんむ》天皇と、明治天皇の父・孝明《こうめい》天皇だ」

誉さんはそう説明をした。

応天門に辿り着くと、門の中に、草でできた大きな輪っかが取り付けられていて、

「この輪っかは何ですか？」

輪っかを指差し尋ねると、

「あんた、『夏越《なごし》の祓《はらえ》』の茅《ち》の輪を知らないのか？　神社の娘だろうに」

誉さんが呆れた顔で私を見た。

「確かに、母方の実家が神社ですけど、母は実家を毛嫌いしていたので、ほとんど行ったことがないんです」

だから私は神道の知識はあまり持っていない。誉さんは私の話を聞き、納得したように頷いた。

「これは『夏越の祓』の茅の輪でな、チガヤという植物で作られている。『夏越の祓』とは、半年間に身に付いた穢れを祓うという行事だ。見ておけよ」

誉さんは茅の輪に近付くと、中を通って左にくるっと回った。そして今度は右に回る。もう一度左に回ると、最後に真っすぐに潜り抜け、こちらを振り向いた。

「俺の真似をしてやってみろ」

私は今覚えた誉さんの動きを真似て何度か輪を潜ると、彼の隣に立った。

「これでいいんでしょうか？」

「上出来。んじゃ、参拝に行くぞ」

応天門を潜る誉さんの後に続く。

門の中に入ると、目の前に眩しいほどの白砂の広場が広がっていて、私は思わず目を細めた。広場の周囲を朱色の柱と緑色の瓦屋根の廻廊が取り囲み、正面には同じく朱色と緑色の建物が建っている。これもまた、平安時代を彷彿とさせる建物だ。

「大極殿《だいごくでん》だ。あの建物の奥に内拝殿《ないはいでん》と本殿がある。一般参拝者のお参りは、外拝殿《げはいでん》である大極殿からするんだ」

「内拝殿と外拝殿？」

「拝殿というのは、拝礼や祈禱《きとう》を行う場所のことだな。一つしかない神社もあるし、二つある神社もある。二つある場合、手前を外拝殿、奥を内拝殿というんだ」

誉さんの説明を聞きながら、白砂の上を歩く。

「あの建物も、平安時代の建物を模しているんですか？」

「大極殿は、朝堂院の正殿で、国家的な重要な儀式が行われていたらしい」

「なるほど……」

階段を上り大極殿の中に入ると、正面に大きな賽銭箱があった。私たちはお金を入れて二拝二拍手し、手を合わせた後、最後に一拝した。奥の内拝殿では何か御祈禱をしているところなのか、神職らしき人とスーツを着た人たちの姿が見える。

お参りを済ませた後、階段を降り、再び白砂の上を歩いた。

応天門へと戻って来ると、色打掛を着た女性と、袴姿の男性とすれ違い、

「わあ、花嫁さんですよ、誉さん！　綺麗ですね」

私は弾んだ声を上げた。

「平安神宮では結婚式を挙げることもできるんだ。カメラマンがついているから、あの二人は前撮りってところだろうな」

誉さんも、初々しい花嫁の姿に目を細めている。

（結婚……か）

私はふと、別れた恋人のことを思い出した。私は圭祐と結婚するつもりで交際していたが、彼はそうではなかったのだろう。

「………」

急に黙り込んだ私に、

「どうした？」

誉さんが怪訝そうに声をかけてきた。

「あっ、何でもありません！」

私は、誉さんに落ち込んだ気持ちを気付かれないよう、慌てて手を振った。

花嫁と花婿の姿を横目に見ながら応天門を出ると、誉さんは、

「せっかくだから、岡崎神社にも寄るか」

と言って、歩き出した。この近くに、他にも神社があるのだろうかと思いながら、誉さんについて行く。

丸太町通《まるたまちどおり》という大通りをしばらく歩くと、左手に石造りの鳥居が見えてきた。『岡崎神社』と書かれた石碑が建っている。こちらの神社にも、鳥居に茅の輪が設置されていたので、私たちは平安神宮で行ったのと同じように潜ると、境内に入った。

「ここ東天王岡崎神社《ひがしてんのうおかざきじんじゃ》は、平安時代から続く由緒ある神社だ。素戔嗚尊《すさのおのみこと》と奇稲田姫命《くしいなだひめのみこと》、二人の子供・八柱御子神《やはしらのみこがみ》を御祭神としている。素戔嗚尊と奇稲田姫命が

子だくさんだったことから、ここは子授けの御利益があるという神社なんだが、昔はこの辺りにうさぎが多く生息していたらしくてな。うさぎも多産だということから、うさぎが神使になっていて、境内にもそのモチーフが多く使われているんだ」

歩きながら、誉さんがスラスラと説明してくれる。

「手水舎はこっちだ」

絵馬に囲まれた手水舎には、黒御影石でできたうさぎの像があり、

「わあ、可愛い！」

私は歓声を上げた。

「子授けうさぎ像だな。これに水をかけて腹をさすって祈ると、子宝に恵まれるらしいぞ」

うさぎを横目に誉さんが柄杓に手を伸ばす。私も同じように柄杓を手に取ると、手と口を清めた。

手水舎を出て本殿に向かうと、先にお参りをしている女性の姿があった。すらりとした華奢な体形でセミロングの髪の大人しそうな女性だ。ゆったりとしたワンピースを着ていて、肩から下げたショルダーバッグに、マタニティマークのキーホルダーがぶら下げられている。どうやら妊婦のようだ。彼女は深刻な表情で、本殿に手を合わせていた。

子宝に恵まれたお礼参りかと思ったが、それにしては雰囲気が暗い。

気にはなったものの、じろじろ見ていては失礼だと思い、私は視線を逸らした。

本殿の前には、丸みのある体と赤い目が愛らしい阿吽の狛うさぎの石像が建っていて、

「狛うさぎだ。可愛い！」

触れてみようと、吽の像に近づき手を伸ばした。すると――。

――どうしてそんなことを言うの？　あなたの願いを聞き入れて命様がご縁を授けて下さったのに。もっと大切にしてちょうだい。それは命でしょう……？

突然、そんな思念が流れ込んできて、私は驚いてパッと手を離した。

深い悲しみを湛えた声だった。その声に気持ちが引きずられ、私は、急に苦しくなった胸に手のひらを当てた。

「どうした？」

誉さんが、青くなった私に気付き、声をかける。

「今、声が……」

私の言葉を聞き、誉さんは狛うさぎを見た。その横を先ほどの女性が通り過ぎ、暗い表情のまま、階段を下りて行く。

誉さんは一瞬女性に目を向けたが、すぐに、

「大丈夫か?」

と私の顔を覗き込んだ。

「どこかで休むか?」

「いいえ……大丈夫です」

私は胸の前から手を下ろすと、努めて笑顔を浮かべて、首を振った。

「すみません。お参りを済ませましょう」

「……そうだな」

誉さんは心配そうな表情を緩めると、本殿に向き直った私の隣に立った。お賽銭を入れ、二人で拝礼し、拍手《かしわで》を打った後、手を合わせる。もう一度拝礼した後、本殿に背を向けると、再び、狛うさぎたちの姿が目に入った。

(さっきの声は、狛うさぎの声だったのかな……?)

叶形の狛うさぎを見つめながら、私は、頭の中に流れ込んできた思念の意味について考えていた。


観光が終わり、薄暗くなり始めた鹿ヶ谷通を、誉さんと二人、肩を並べて歩く。

気を抜くと、岡崎神社で聞いた悲しげな声に気持ちを持って行かれてしまい、つい心が鬱に傾いてしまう。私は意識して明るい声を出すと、

「今日はありがとうございました、誉さん」

と、隣を歩く誉さんに声をかけた。

「ああ」

誉さんはぶっきらぼうに頷くと、

「別に構わない」

と言って頭を掻いた。もしかすると、お礼を言われて照れているのかもしれない。

(誉さんって、見た目は怖いし、面倒くさがりみたいだけど、本当はいい人だよね。今日もあちこち連れて行ってくれたし)

ふふっと笑った時、ブーッブーッとスマホが振動する音が聞こえた。

誉さんがシャツの胸ポケットからスマホを取り出し、画面を見るなり、苦虫を噛み潰したような顔になる。

「どうしたんですか?」

「颯手からメールがきた。あいつ、勝手に俺の部屋に入りやがった」

「えっ?」

どういうことなのだろうと思いつつも、アパートに帰り着くと、誰もいないはずの誉さんの部屋に明かりが灯っていた。階段を上ると、いい匂いが漂ってきて、誰かが誉さんの部屋で料理をしているのだと分かった。

「おい、颯手、何してる?」

誉さんが不機嫌な声を上げて玄関扉を開けると、

「お帰り。二人とも」

予想通り部屋の中には颯手さんがいて、私たちに笑顔を向けた。彼はキッチンでフライパンを振っている。

「勝手に入るなよ。鍵はどうした?」

誉さんが狭い玄関で靴を脱ぎ、ワンルームの部屋に入ると、

「誉に用事あるねん、言うて、母さんに借りてん」

颯手さんは悪びれた様子もなく、そう答えた。

「あのオバハン……!」

「人の母親のこと、オバハン言わんといてくれる?」

颯手さんが、ムッとした表情で誉さんを睨んだ後、玄関先で二人のやり取りを聞いていた私に視線を移し、

「愛莉さんも入って来たらええよ。今日は愛莉さんの歓迎会やし」

と手招いた。

「歓迎会?」

「そう。『これからよろしゅう』って挨拶や」

どうやら颯手さんが手料理を振るまってくれるようだ。私は美味しそうな匂いに釣られ、誉さんの部屋に上がることにした。

「お邪魔します」

玄関に靴を揃え、遠慮がちに部屋に入る。

誉さんの部屋は、玄関を入ってすぐの場所にキッチンがあり、奥は和室になっていた。あまり家具のない部屋の中で、二つ画面があるパソコンが目立っている。何故二つも画面があるのだろうと、そちらに目を向けていると、

「ああ、片方は液晶タブレットだ。それで漫画を描いてるんだよ」

と誉さんが教えてくれた。

「えっ？　漫画って紙に描くんじゃないんですか？」

「今はデジタルが多いんじゃないか？　データだと、あっという間に、原稿を東京の出版社に送れるしな」

デジタルで漫画を描くというのがどういう風なのか、言葉での説明だけでは見当もつかない。

「いつまでも立っていないで座れよ」

家主に勧められたので、私はローテーブルの前に移動すると、誉さんの正面に正座をした。ローテーブルの上には、もう人数分の小皿と箸とフォーク、グラスが用意さ

れている。

颯手さんが、

「誉は前は東京に住んでてん」

大きな鍋にパスタを入れながら、新たな事実を口にした。私は驚いて、

「嘘、誉さん、東京にいたんですか？」

と声を上げた。

「嘘じゃないぜ。二十代前半は、東京で出版社に持ち込みとかしてたんだ」

誉さんは手を伸ばして冷蔵庫を開けると、中からビールの缶を取り出した。プルタブを開け、グラスに注ぎ、口を付ける。

「そういえば、誉さんは標準語ですもんね。どうして京都に帰って来たんですか？」

勝手なイメージだが、東京の方が出版社も多いだろうし、連載を勝ち取るチャンスも多いような気がする。

「それは——まあ、色々あってな」

誉さんは一瞬視線を宙に向けると、言葉を濁し、さり気ない様子でビールをあおった。

（色々って何だろう……？）

「一日歩きまわった後のビールは美味いな。あんたも飲むか？」

「あ、いえ……私は下戸なので」

ビール缶を差し出され、手のひらを見せて断ると、

「酒が飲めないだなんて、人生損してるな」

同情のまなざしを向けられた。

そんな話をしていると、

「できたで」

颯手さんが皿を持ってテーブルにやって来た。「はい」と言って置かれた皿には、魚介類たっぷりのペスカトーレが入っている。

「美味しそう！」

「こんなんもあるで」

颯手さんは冷蔵庫を開けると、白身魚のカルパッチョを取り出し、

「ちょっと待っててな。仕上げにオリーブオイルかけるし」

と、手早くオリーブオイルを回しかけた。更に、チーズや、生ハムのサラダも出てきて、ローテーブルの上が華やかになる。

「おあがりやす」

「いただきます！」

「美味そうだな」

早速、箸を伸ばし、

「カルパッチョ、美味しい！」

「パスタもいけるな」

頬を緩めた私たちを、颯手さんはにこにこと嬉しそうに眺めている。

「ああ、そういえば、まだ乾杯をしてへんかった……って、なんや誉、もう飲んでんの？」

冷蔵庫からワインを取り出しながら、颯手さんが誉さんを軽く睨むと、

「別にいいだろうが。ああ、こいつは飲めないらしいぞ」

誉さんは反省した様子もなくそう言って、私をフォークで指し示した。

「そうなん？　じゃあ愛莉さんはジュースやね。念のため、買うといて良かったわ」

颯手さんは缶ジュースを私に手渡した後、慣れた手つきでワインの栓を開け、グラスに注いだ。

「ほんなら、改めて……愛莉さん、京都へ、ようおこしやす。これからよろしゅう。乾杯！」

颯手さんの音頭で、私たちはそれぞれのグラスをカチンと合わせた。

私の歓迎会は夜半前まで続き、流石にそろそろお暇しないといけないのでは、と思

い始めた頃、コンコン、と誉さんの部屋の扉が叩かれた。

「ん？　誰だ？　こんな時間に」

いくら飲んでも酔った様子のない誉さんが玄関に顔を向け、怪訝な表情を浮かべる。

「もしかして、私たちがうるさいっていう、お隣さんからの苦情でしょうか……」

心配になって尋ねると、

「違うと思うで。愛莉さんの部屋以外、誉の部屋の隣も真下も空き室や」

同じく、全く酔った様子のない颯手さんが答えた。

誉さんは目を細めると、無言で立ち上がった。ドアノブに手をかけ、静かに玄関扉を開ける。すると――。

そこには白い髪に赤い目をした、着物姿の若い女性が一人で佇んでいた。私たちの姿を見て、儚げに微笑むと、

「こんばんは」

と口を開いた。

「……あんた」

誉さんが何か言うよりも早く、

「お願いがあって参りました。どうかお助けください」

女性はそう言って頭を下げた。

彼女の人間離れした美しい外見に目を奪われると同時に、鈴を転がすような澄んだ声音を聞いて、昼間、岡崎神社で脳裏に響いてきた声がよみがえった。

(この人はもしかして……)

「岡崎神社の狛うさぎだな」

誉さんが、私の予想通りの言葉を口にする。

「こらまた、えらいお人が訪ねて来たもんやなぁ」

颯手さんは目を丸くした後、佇んでいる狛うさぎに、

「こんなあばら家で良かったら、中へどうぞ」

と声をかけた。誉さんが「あばら家……」と小声でつぶやいたが、颯手さんは聞こえないふりをして、狛うさぎのために座布団を用意している。

「ありがとうございます。お邪魔致します」

狛うさぎは軽く会釈をすると、玄関で下駄を脱ぎ、和室へと入って来た。ローテーブルの前に静かに腰を下ろした彼女を見て、

「あ、あの……何か飲みますか? ジュースとか」

私は飲み物を勧めてみたが、

「どうぞ、お構いなく……」

やんわりと断られてしまった。神使なので、ジュースなどは飲まないのかもしれない。

誉さんもローテーブルに戻って来ると、狛うさぎの斜め横へ座り、

「で、何を頼みたいって言うんだ？」

狛うさぎの赤い目を見つめる。狛うさぎは一瞬視線を伏せた後、

「とある方にお会いいただき、その方がなさろうとしていることを止めて欲しいのです」

顔を上げて誉さんの方を向いた。

「持って回った言い方だな。ずばっと言えよ、ずばっと」

誉さんが急かすようにトントンと指でテーブルを叩いたので、

「誉、神使に失礼やで」

颯手さんがそっと窘《たしな》める。

狛うさぎはもう一度目を伏せたが、またすぐに顔を上げると、

「その方は、杉沢香奈枝《すぎさわかなえ》さんとおっしゃいます。歳は二十九。杉沢雄二《ゆうじ》さんという、一つ年上の配偶者がいらっしゃいます。住所は京都市伏見《ふしみ》区……」

すらすらと相手の具体的なプロフィールを述べ出した。以前、大豊神社の狛ねずみが私たちに頼みごとをしてきた時に比べ、分かっている情報量が多いのか、随分状況

が違う。

「詳しいな」

誉さんも同じことを感じたようだ。狛うさぎは小さく微笑むと、

「当社で祈禱をされた方ですので」

と言った。

「なるほど。で、その杉沢夫妻が何をしようとしているって？」

「お二人は子供を望まれて、当社で祈禱をされました。その祈りを命様がお聞き入れになり、赤子とのご縁を結ばれたのです。けれど、当初、お礼参りに来られた際は大変喜んでおられた香奈枝さんが、本日、当社にいらして『せっかく授かった命ですが、堕胎をすることになるかもしれません。申し訳ありません』と命様に深く謝罪されたのです」

「堕胎？」

私は大きな声を上げた。

（せっかくできた赤ちゃんを、おろすっていうこと？）

杉沢香奈枝という女性が、今日、岡崎神社で出会った女性だと、すぐにピンときた。あの時の悲しそうな狛うさぎの言葉の意味も、今なら分かる。

「あの方は、迷っておられます。けれどわたくしたちには、彼女の意志を変えること

はできません。わたくしは、今日、当社に立ち寄られたあなた方を見て、この方々なら、命様のお願いを叶えてくださると思ったのです。どうか、どうか、香奈枝さんをお止めくださいい。命様は、心を痛めていらっしゃるのです……！」

「無理だ……と言っても、引き下がらないんだろうな」

誉さんは諦めたような顔をして溜息をついた。

「分かったよ。その香奈枝っていう女がやろうとしていることを、止めたらいいんだろ？」

誉さんが了承すると、狛うさぎの顔が輝いた。

「ありがとうございます。実は、大豊神社の狛ねずみからも、あなた方のお噂は耳にしておりました」

意外なところから狛ねずみの名前が出てきて、私たちは顔を見合わせた。

「神様のお願いごとを叶えてくれる人間がいるのだと」

「いつの間にか有名人やな、誉」

面白そうに笑った颯手さんを、

「うるせぇ。俺は拝み屋だが、神様の願いごとを叶える便利屋じゃないんだ」

誉さんが、じろりと睨む。

「それでは、どうぞよろしくお願い申し上げます……」

そう言い残すと、狛うさぎの姿がふっと掻き消えた。見ると、玄関の下駄も消えている。

「もしかして、神使ネットワークみたいなものがあるんでしょうか……」

狛ねずみが狛うさぎに私たちのことを話している姿を想像し、そう表現すると、

「神使ネットワークて」

颯手さんが、ぷっと吹き出した。

「とにもかくにも、引き受けてしもうたんやから、しゃぁないな、誉」

颯手さんの言葉に、誉さんは顔をしかめた。

*

翌日、私と誉さんは、早速、杉沢香奈枝さんの家に行ってみることにした。

颯手さんは店があるので、今日は二人きりだ。

伏見区は私たちが住んでいる場所からかなり離れている。

てっきりバスと電車で向かうのかと思っていたら、誉さんはどこからかバイクを持って来た。黒い車体で、シャープな形をしている。側面にアルファベットで「Ninja」と書かれていた。どうやら誉さんの愛車のようだ。

ライダースジャケット姿の誉さんに、

「このバイク、どこから持って来たんですか？」

と尋ねると、

「颯手の家から持ってきた。颯手の家は一戸建てなんだ。ここのアパートは駐車場がないから、そっちに置いてもらってる」

との答えが返ってきた。

「颯手さんの家って、この近所なんですか？」

「ああ。すぐ近くだ。元々は、亡くなったばあさんの家でな。今は颯手と両親が住んでる。――これを着ておけ。その格好だと危ないからな」

誉さんは颯手さんの家について説明した後、私にライダースジャケットを手渡した。

言われた通りジャケットを羽織ると、意外にもサイズはぴったりだった。女物だ。何故、誉さんが女物のジャケットを持っているのだろうと不思議に思った。

「ほら、ヘルメットだ」

今度はフルフェイスのヘルメットを手渡されたので、被り方を教えてもらいながら頭を入れる。

準備が整い、誉さんが先にバイクに乗ると、

「乗れよ」

と私を促した。私はステップに片足をかけると、反対の足をえいっと上げて、後部座席に跨った。

「俺の体に手を回せ」

指示を受けたので、前かがみになり、そうっと誉さんの腰に手を回す。

「もっとしっかり掴まれ」

「は、はいっ」

思い切って、誉さんの背中に体を密着させた。何だかとても恥ずかしい。

「じゃあ、行くぞ。乗り心地は良くないと思うが、我慢してくれ。ゆっくり走る」

誉さんがエンジンをかけクラッチを繋ぐと、バイクは緩やかに走り出した。

今出川通《いまでがわどおり》を走り、鴨川沿いの川端通《かわばたどおり》に入ると、南へ南へと下り、杉沢香奈枝さんの家のある伏見区を目指す。

タンデムは最初こそ怖かったが、次第に慣れてくると、楽しむ余裕が出てきた。生身で走るので、車に乗っている時とは感覚が違い、風を感じて気持ちがいい。

しばらく街乗りを楽しんでいると、右手に大学の建物が見えてきた。そこから更に少し走り、バイクは小綺麗なハイツの前で停まった。どうやらここが、杉沢香奈枝さんの家のようだ。

私と誉さんはバイクを降りると、ヘルメットを外しジャケットを脱いだ。

「杉沢さんは、確か二階に住んでいるんですよね」

狛うさぎがすらすらと述べていた住所を思い出しながら、誉さんを見ると、

「問題は、どうやって彼女と話をするかだな」

誉さんは難しい顔をした。確かにその通りだ。いきなり見知らぬ男女が訪ねて来て
「赤ちゃんをおろそうとしているって本当ですか？」と聞いたら、不審者どころの話ではない。

困り果て、ハイツを見上げていると、私はふと、杉沢家の隣の部屋にカーテンが掛かっていないことに気が付いた。

「誉さん、あの部屋を見てください。もしかすると、空き室かもしれません」

私が指を差すと、誉さんもその部屋に視線を向け、

「そうみたいだな」

と頷く。

「少し思いついたんですが、私たち、隣に引っ越してくる予定の夫婦を装って、挨拶に来た体で、杉沢さんを訪ねるのはどうでしょうか？」

いい案を思いついたと思い、誉さんに提案してみると、誉さんはパチンと指を鳴らし、

「それでいくか」

と唇の端を上げた。

私たちは早速ハイツに入ると、階段を上がり、杉沢さんの部屋の扉の前に立った。

「相手が出たら、まずあんたが話してくれ。男だと警戒されるかもしれないからな」

「分かりました」

私は頷き、チャイムを押した。少しの間があり、インターフォンから、

「はい」

と声が聞こえてきた。

「あのっ、私たち、今度隣に引っ越してくる者なんですけど、ご挨拶に来ました」

緊張して声が上擦ってしまった。すると、ガチャリと扉が開き、以前、岡崎神社で見かけた女性が顔を出した。

（やっぱり、あの時の人だ）

「あ、私、水無……ええと、神谷という者です。来月から、隣に引っ越してくる予定なんです。どうぞよろしくお願いします」

ぺこりと頭を下げると、

「そうなんですね。それはどうもご丁寧に。杉沢です」

香奈枝さんも頭を下げた。静かな話し方をする落ち着いた女性だ。

「ご主人も今ご在宅ですか？　よろしければご主人にもご挨拶させていただきたいのですが」

私の後ろから誉さんが顔を出し、香奈枝さんに尋ねた。香奈枝さんは「はい」と頷くと、

「――あなた。今度、お隣に引っ越して来られる方ですって」

廊下の奥に向かって声をかけた。すると、奥の部屋から優男風の男性が姿を現した。俳優にでもいそうな格好のいい人だ。この人が、狛うさぎが言っていた、香奈枝さんの夫の杉沢雄二さんなのだろう。

「どうも」

雄二さんは玄関までやって来ると、笑顔を浮かべ私たちに会釈をした。

「来月から越して来る神谷です。引っ越しの時はバタバタすると思います。ご迷惑をおかけしますが、どうぞよろしくお願いします。――ところで、不躾ながら、奥様は妊娠中でいらっしゃるのですか？」

誉さんは雄二さんに頭を下げた後、いきなり核心を突いた質問をした。私が思わずぎょっとすると、香奈枝さんと雄二さんも驚いたのか、

「えっ……」

「そうですが……それが何か？」

と、戸惑った様子をみせた。

「奥様のお腹が少し出てらっしゃったので、もしかしてと思いまして。実は妻も妊娠中なんです」

誉さんの嘘八百を信じたのか、香奈枝さんは、

「そうなんですね」

と言って表情を和らげた。私のことを同じ妊婦だと思い、親近感が湧いたのかもしれない。

「妻は体が弱いので、お隣のよしみで、色々と相談に乗ってやってもらえると助かります」

誉さんはそう言うと、私の頭に手を置いた。そして、私に向かって、話を合わせろと、目くばせを送った。

「そ、そうなんですよ、風邪とか引きやすいんです、私……」

手を口元に当てて、オホホと笑ってみせる。にこにこと作り笑いをしている私たちを見て、香奈枝さんが、

「――仲がよろしいんですね。羨ましいです」

ぽつりと、つぶやいた。

「香奈枝」

その言葉を耳にした雄二さんが、固い声で妻の名前を呼んだ。

「あっ……いえ、なんでもありません」

香奈枝さんはばつの悪そうな顔をすると、口を閉ざした。香奈枝さんが黙り込んでしまった後、

「もうよろしいですか？」

雄二さんは、まるで妻の言葉を誤魔化すかのように愛想笑いを浮かべ、玄関扉のドアノブに手をかけた。

「あっ、はい。すみません、急にお訪ねして」

私が慌てて頭を下げると、顔を上げるよりも早く、扉は閉められてしまった。

「…………」

私は無言で誉さんを見上げた。

「…………」

誉さんも無言で私を見下ろす。私たちは何も喋らないまま、ハイツの階段を下りた。

バイクを停めた場所まで戻って来ると、

「香奈枝さん、私たちのこと、仲が良くて羨ましいって言ってましたね。まるで、自分たちは仲が良くないみたいな口ぶりでした……」

私は誉さんに話しかけた。誉さんは「そうだな」と相槌を打ち、

「妊娠の話をした時も、あの二人の間には、微妙な空気が漂っていたな。夫婦間は上手くいっていないように見えた」

と、考え込むように顎に手を当てた。

「岡崎神社には、子供が欲しくて祈禱に行った。それなら、その時は『仲が良い』状態だったはずだ。子供ができて『仲が良くない』状態になった。原因は何だ？　夫の浮気とかか？　妻の妊娠中に不倫をする夫もいると聞くしな」

ぶつぶつと推測を述べている誉さんの言葉を耳にし、

「誉さんは、雄二さんが不倫をしたって言うんですか？」

私は思わず責めるような口調で問いかけた。

「単なる憶測だけどな。まあ、可能性としては『あり』なんじゃないか？」

「そんな……。でも、お二人は一緒に岡崎神社に御祈禱に行ったんですよね。その時は、赤ちゃんが欲しいって思っていたっていうことですよね。それなら、愛し合っていたっていうことですよね？」

自分のことではないというのに、まるで自分が夫と心が離れてしまった妻のような気持ちになり、私は誉さんに食ってかかった。

圭祐が私から離れて行ってしまった時のことを思い出し、胸が痛くなる。

そして、香奈枝さんの気持ちを想像して、ますます胸の痛みは強まった。

念願の子供ができて、幸せの絶頂であるはずの時に、夫が不倫をしていたとしたら、それはどんなに、つらく、悲しいことだろう。

香奈枝さんと自分を重ね、息苦しさを覚え始めた時、

「おい、愛莉！」

不意に誉さんが私の名前を呼んだ。ハッと我に返り、顔を上げると、誉さんが私の肩を掴んでいた。

「誉、さん……」

「考え過ぎるな。これは、あの二人の問題であって、あんたの問題ではない。心に、境界線を引け。他人の意識を、受け入れるな」

誉さんは私に、一言一言、区切るように言い聞かせた。

「ゆっくり深呼吸をしろ」

言われた通り、私はゆっくりと息を吸って、吐いた。

「もう一度」

また、すうっと吸ってはぁっと吐く。何度か繰り返すと、段々気持ちが落ち着いてきた。

「もう大丈夫です」

胸の痛みが消え、私は誉さんを見上げると、微笑んでみせた。そして、意を決して、

「私、もう一度、何とか香奈枝さんに会って話を聞いてみようと思います。仲良くなれば、何か話してくれるかも」

そう言うと、誉さんは一瞬心配そうな表情を浮かべたが、

「任せてください！」

胸を叩いた私に、

「そうしてみてくれ」

と頷いた。

＊

その日の夜、私は部屋で引っ越しの荷物を片付けながら考えごとをしていた。

脳裏に浮かぶのは、別れた圭祐のこと。

圭祐と出会ったのは、友人に誘われ、無理矢理参加させられた合コンだった。

お酒を飲んで盛り上がる友人たちの隅で、一人でソフトドリンクを飲んでいた私を見て、圭祐が声をかけてきた。

「もしかして、君、お酒飲めないの？」

「はい」と頷くと、「実は俺も」と言って圭祐は笑った。

「だから飲み会のこのテンションに、いつもついて行けないんだよね」

「分かります」

　二人、目と目を交わして苦笑した。私たちは意気投合し、この日、連絡先を交換した。

　そして、数日後、圭祐の方から連絡があり、一緒に映画に行くことになった。ハリウッドの超大作映画は文句なしに面白くて、見終わった後はカフェに入り、あれこれと感想を述べ合い、楽しい時間を過ごした。

　それから、何度かデートを重ね、圭祐の方から告白されて、交際することになった。生まれて初めてできた「彼氏」に、私は有頂天になっていた。

　圭祐には、楽しい話から、会社の愚痴や、「気にし過ぎ」だと言われる私の気質まで、包み隠さず色々な話をした。彼はなんでも聞いてくれて、そのままの私を受け入れ、愛してくれたように思えた。私はそんな彼に依存するようになり、次第に結婚を夢見るようになっていった。

　初めて一緒に旅行に行くことになり、出発の前日は、遠足が楽しみで仕方がない子供のように、夜遅くまで眠ることができなかった。

三泊四日の沖縄旅行は夢のような時間だった。あっという間に日が過ぎていった。

そして最後の夜。私は初めて圭祐と同じベッドに入った。今まで付き合ってきて、キスまではしたことはあったが、それ以上関係が発展したことはなかった。「それ」を意識していなかったわけではない。いつか、そういう時が来るかもしれない、とは思っていた。

「愛莉」

圭祐の手が伸びてきて、私の肌に触れた。思わずびくっと体が震える。それと同時に嫌悪感が胸の内に広がった。

「だ、ダメっ！」

私は咄嗟に圭祐を押し退けると、ベッドから滑り降りた。直前になって逃げ出した私に、圭祐は戸惑った表情を浮かべた。

「愛莉？」

その声音で、圭祐が気を悪くしたことに気付き、

「あ……えっと、その……私、初めてで。心の準備ができていなくて。だから、今日はちょっと………」

慌てて弁解すると、

「そうか。初めてだったらそうだよな。旅行中にごめんな」

圭祐はすぐに表情を和らげ、私を安心させるように微笑んだ。

「また今度な。おやすみ」

「うん……」

私に背を向けた圭祐の後ろで、自分のベッドに潜り込みながら、私は、母がかけた「呪い」を思い出し、どうしようもない悲しさを感じていた。

母は貞操観念の強い人だった。実家が神社だったこともあり、祖母から「神様にお仕えしているのだから、清くあらねばなりません」と厳しく躾けられて育ったらしい。

私が年頃になると、母はその教えを受け継いで、私にも同じ教育をした。

「女性は結婚するまで清くあらねばならないの」

何度もそう言い聞かせられ、私は洗脳されるように「女性とはそういうものなのか」と信じ込み、成長した。その洗脳が解けたのは、高校生になって、女友達から恋愛の話を聞くようになってから。母親の教えは時代遅れなのだと、私は友達から教えてもらった。

けれど、圭祐との沖縄旅行で、私は、解けたと思っていた洗脳が、解けてはいなかったことに気が付いた。

旅行以降、圭祐は時々、さりげなく私を望むようになった。そのたびに、彼に言いようのない嫌悪感を感じ、私は気付かないふりをしてやり過ごした。

(そのうち圭祐にも母のことを話そう。きっと彼なら分かってくれるはず)

その考えは自惚れだったと、今なら分かる。

段々、圭祐と私の関係は、ギクシャクとしていった。

次第に冷たくなっていく圭祐に不安を募らせ、その不安から、私はますます精神的に彼に依存するようになっていった。

不安を解消したくて、愛されていると確かめたくて、愚痴や、悩みごとや、自分の不甲斐なさを、繰り返し彼に話す。「愛莉には俺がついているよ」と優しい言葉をかけてもらえれば、安心するから。

けれど、ある夜、一本の電話で、彼との縁はあっさりと切れてしまった。

過去のことを思い出し、私は、段ボール箱から本を取り出す手を止めた。自己嫌悪と胸苦しさで、息が詰まりそうだ。

(圭祐の気持ちは分かってた。それなのに、私は……)

「ゆっくりと深呼吸しろ。他人の意識を受け入れるな」

不意に、誉さんの低く心地いい声が耳に蘇った。

その声に縋るように、私はゆっくりと息を吸うと、長く吐き出した。それを何度か繰り返す。すると、早まっていた動悸は次第に落ち着き、気持ちも楽になってきた。

（そういえば、誉さんは『心に境界線を引け』って言っていたけど、それってどうやるんだろう）

その「境界線」が引けるようになれば、自分の感情をコントロールできるようになるのだろうか。

「今度やり方を聞いてみようかな……」

私はそうつぶやくと、誉さんの部屋と私の部屋を隔てる壁を見つめた。

（誉さん、今、何をしているのかな。お仕事中かな？）

物音は聞こえてこない。

（寝てるのかな？　どちらにしろ、うるさくしたら邪魔だよね）

今夜の片づけはもう止めることに決めると、私は段ボール箱の蓋を閉じた。

＊

翌日、もう一度、香奈枝さんと話をするために、一人で伏見区へやって来た私は、京阪電車の『藤森駅《ふじのもり》』を出ると、スマホの地図アプリを立ち上げて、

「ええと、スーパーの横の道をまっすぐ行った後、右に曲がるのか」

と、香奈枝さんの家の場所を確認した。

「スーパーはこっちだから、この道はこっち……」

ぶつぶつつぶやきながら、スマホを見て歩いていたら、

「きゃあっ」

「わっ」

誰か女性とぶつかってしまった。

「す、すみませんっ！」

慌てて顔を上げると、片手にスーパーのビニール袋を提げた香奈枝さんが立っていた。

「あっ、杉沢さん！」

驚いて名前を呼ぶと、

「えっ？　あ、昨日の……」

香奈枝さんは私のことを覚えていてくれたのか、私の顔を見て目を丸くした。

「今日も新居の下見ですか？」

そう尋ねられたので、

「実は今日は、この辺りのことをもっと知りたいと思ってやって来たんです。あ

のっ、もしよろしければ、これからお茶でもどうですか？　この地域のことを色々教えていただけたら嬉しいです」

私は勢い込んで香奈枝さんを誘った。香奈枝さんは戸惑った表情を浮かべたが、私は間髪を入れずに、

「それに、妊娠中のお話も教えてもらいたいんです。私、初めての妊娠なので、心配なことばかりで……」

と大げさに不安な表情をしてみせた。すると、同じ妊婦同士だと思っている香奈枝さんは、

「私も初めてなんです。色々と不安になりますよね」

と同情してくれた後、

「じゃあ、少しだけ……」

と微笑んだ。

「嬉しいです。行きましょう」

私たちは連れ立つと、近くのカフェに入った。メニューを見て、二人一緒にオレンジジュースを注文する。店内には大学生のグループがいて、楽しそうな会話が聞こえてきた。時々、わっと笑い声があがる。

「賑やかですね」

学生たちの方を向いている私に気が付き、香奈枝さんが、

「近くに大学があるので、学生さんが多いんです」

と言った。

「へえ、そうなんですね」

昨日、バイクで横を通った大学のことだろうかと考えていると、

「来月に引っ越して来られるんですよね」

香奈枝さんは私の顔を見て、確認するように問いかけた。

「ええと、ちょっと予定が伸びて、来月の中旬……いや下旬……になるかもしれないです」

本当は引っ越しの予定なんてない。しどろもどろに答えると、香奈枝さんは疑う様子もなく、

「そうなんですね。色々ご都合があるんですか？」

と小首を傾げた。

「そ、そうなんです！　ちょっと、主人の仕事の関係で引っ越しが遅れそうで」

私が誤魔化すと、香奈枝さんは儚げな表情を浮かべ、

「……もしかすると、その頃には私が引っ越しているかもしれません」

と沈んだ声で言った。

「あの……それはどういう意味ですか？」

遠慮がちに尋ねると、香奈枝さんはその質問には答えず、

「そちらのご主人、優しそうですね。ご夫婦、仲が良さそうで羨ましいです」

と微笑んだ。

誉さんの強面を見て「優しそう」と言う香奈枝さんに驚きながら、

「ありがとうございます」

夫婦ではないので、内心苦笑いをする。

すると、香奈枝さんは、私が照れているとでも思ったのか、ふふっと笑うと、

「ご結婚されて何年目なんですか？」

と聞いてきた。

（わっ、突っ込んでこられた。どうしよう……）

もうこうなったら、話を捏造するしかない。

（どんな設定だと自然かなぁ）

頭を悩ませていると、良いタイミングでオレンジジュースが運ばれてきた。会話を一旦中断し、私と香奈枝さんはストローに口を付けた。その間に、私は誉さんとの嘘の馴れ初めを考え、香奈枝さんと再び目が合ったタイミングで、

「彼とは結婚して二年目になります。彼は大学のＯＢだったんです」

と話し始めた。

「私が就職活動で悩んでいた時に、相談に乗ってくれたんです。それで、段々いいなって思うようになって、付き合うことになりました」

私の適当な話に、香奈枝さんは「そうなんですね」と相槌を打った後、

「何だかうちと似ています」

と寂しそうに微笑んだ。

「杉沢さんご夫婦も、同じ大学だったたんですか？」

香奈枝さんが少しずつ打ち解けてきてくれたような気がしたが、変な質問をして心を閉ざされてしまわないよう、気を付けつつ問いかける。

「そうです。同じサークルの先輩後輩でした。結婚して三年目になります」

香奈枝さんの話を聞いて、私はなんとなく「今が初めての妊娠で神社に御祈禱に行ったぐらいだから、子供が欲しかったけれどなかなか授からなかったのかな」と考えた。すると、私の考えが顔に出ていたのか、

「早く子供が欲しかったんですけど、なかなかできなくて。ようやくこの子を授かったんです」

香奈枝さんはそう言って、愛しそうにお腹を撫でた。

「でも、両親が揃っていないと、子供はきっと悲しみますよね……」

まるで、あえて私に聞かせるかのように俯きがちにこぼされたつぶやきに、私は「もしかすると香奈枝さんは、誰か話を聞いてくれる人を待っていたのかもしれない」と思った。

「何か悩みごとがあるんですか？　もしよかったら、話してください。話すだけでも気が楽になることってありますよ」

そう彼女に微笑みかけると、香奈枝さんは驚いた顔をして、私を見返した。迷っている様子の香奈枝さんに、

「私は赤の他人ですし、杉沢さんの知り合いに話したりすることもありません」

と続ける。香奈枝さんは目を伏せ、逡巡した後、小さな声で「ありがとうございます」と答え、ぽつりぽつりと話し始めた。

「お恥ずかしい話になってしまうんですけど、私……離婚を考えているんです。原因は、妊娠中の主人の不倫でして」

（やっぱりそうだったんだ）

昨日の誉さんとの推測通りの展開になり内心で頷く。

「相手の方は会社の若い部下の方なんです。主人と結婚したいと強く望んでおられるみたいで、主人もその方に心惹かれている様子で……。主人にその人と別れて欲しいと言ったんですけど、今もまだ関係は続いているようで……」

予想していたよりも深刻な状況になっていることが分かり、私は息を飲んだ。

「最初は、妻の妊娠中に不倫をするなんてと頭にきていたんですけど、のらりくらりとしている主人を見ていると、段々呆れてきて……そう思ったとたん、すうっと愛情が冷めてしまったんです。もうこの人とは離婚してもいいかな、と思いました。でも、この子のことを考えると踏み切れなくて。母子家庭で苦労させるぐらいなら、いっそ産まないほうが……」

香奈枝さんの苦しい胸の内を聞き、私は彼女に同情した。幸せのただ中にいる時に夫が不倫をした、という事実はどれほどショックだっただろう。愛が冷めて離婚しようにも一人身で子供を育てていく自信がない、という不安な気持ちも理解できる気がした。

「それは、つらい……ですよね……………」

心の底からそう言うと、香奈枝さんは、うっと嗚咽をもらし、涙をこぼした。

きっと私が同じ立場になってしまったら、香奈枝さんのように悩むと思う。シングルマザーとしてしっかりと子供を育てて行けるのだろうかと不安になるに違いない。

私は社会人としても、大人としても未熟だし、一人で生計を立て、子供を育てていく自信はない。

それなら、離婚をせず、自分の気持ちに折り合いをつけながら子供を育てる道を選ぶのか、いっそ産まないという選択をするのか……。

命は、大切にされるべきものだ。

けれど、私だったら……私だったら……一体どうするのだろう…………。

香奈枝さんの心に寄り添えば寄り添うほど、我が身に置き換えて想像を巡らせ、私は段々胸が苦しくなってきた。

「……杉沢さんは、ご主人と本当に別れたいんですか？　もし別れた場合、一人で子供を育てていくという選択肢はないんですか？」

静かに尋ねると、

「……分かりません」

香奈枝さんは首を振った。

「…………」

私はそれ以上かける言葉が見つからず、ただ、ぎゅっと唇を噛んだ。目の前のオレンジジュースの氷が溶けて、からん、と音を立てた。

香奈枝さんとカフェの前で別れると、私は誉さんに電話をかけた。

二コールの後、私からの電話を待っていたかのように、

「おう、どうだった？」

すぐに誉さんが出た。

「思っていたより、思い悩んでいらっしゃるみたいです」

私は香奈枝さんから聞いた話の内容を誉さんに伝えた。

「せっかく神様が、赤ちゃんとのご縁を結んでくださったのに……」

悲しい気持ちでつぶやいたら、

「神様は縁を結ぶだけだ。そこから努力し、願いを叶えるのは人間次第だ。でも神様は決して、幸せに繋がらない縁は結ばないと思うぜ」

誉さんから、厳しくも優しい答えが返ってくる。けれどその後、「しかし」と前置きし、

「もし煮え切らない夫と本気で別れたいなら、祈禱できないこともない」

と続けた。

「えっ、そんなことができるんですか?」

びっくりして問い返すと、電話越しに、

「夫が自然と別れようという気持ちになるよう、まじないをかけることならできる」

自信ありげな声が聞こえてきた。

「とりあえず、彼女の意志を聞いてきな。その答え如何《いかん》で、準備しといてやるよ」

誉さんが電話口で、にやりと笑ったような気がした。

＊

私が香奈枝さんを訪ねた日から、二日後の深夜零時。

私と誉さんは岡崎神社の鳥居の前にいた。

誉さんは無精ひげを剃り、長めの髪を一つにまとめ、パリッとした白いシャツを身に着けている。少し髪が濡れているようだったので、

「お風呂に入ってきたんですか？」

と尋ねると、

「禊《みそぎ》をしてきた」

との返事が返ってきた。

「禊？」

小首を傾げると、

「滝行の代わりだ。シャワーを浴びるんだよ」

と教えてくれる。

「神様に願いごとをするんだからな。身綺麗にしておく必要があるんだよ」

（なるほど。だから、ひげを剃ったり、髪をまとめたりしてるのか……）

私は隣に立つ誉さんをまじまじと見上げた。やはり身綺麗にした誉さんは若く見える。

（いつもきちんとしておいたらいいのに。そうしたら、強面も和らぐのに）

誉さんは私の内心には気付いた様子もなく、弓と矢筒と弓懸《ゆがけ》を持って丸太町通を見つめている。

（まさかこれから弓道をする……ってわけじゃないよね）

恐らく、これから行う祈禱に使うのだろう。

丸太町通に目を向けると、一台の車が走って来るのが見えた。車は岡﨑神社の前のコインパーキングに入ると停車した。中から降りて来たのは香奈枝さんだ。

香奈枝さんは、鳥居の前の私たちに気が付くと、横断歩道を渡って近付いて来た。

「こんばんは」

私が会釈をすると、

「――こんばんは」

固い声音で返事がくる。そして、誉さんに向かって、

「今夜は……よろしくお願いします」

小さな声で言うと、頭を下げた。誉さんはそんな香奈枝さんを見つめると、

「愛莉から話は聞いた。あんたは夫との縁を切りたいんだってな。それで心は決まっ

ているんだな？」

と確認をした。香奈枝さんが強張った表情で頷く。

私はカフェで香奈枝さんと会った後、改めて彼女の家を訪ね、もう一度話をした。

「実は自分の夫は拝み屋で、香奈枝さんが望むなら、雄二さんとスムーズに別れる方法がある」と告げると、私に心を開きかけていた香奈枝さんは、一転して怪しい者を見る目を向けた。けれど、何かに縋《すが》りつきたい気持ちの方が強かったのか「考えさせてください」と言ったので、私は彼女に連絡先を渡し、その場を後にした。

そして、今朝、香奈枝さんから電話があり、正式に雄二さんとの離婚の祈禱を依頼されたのだった。

（まさか、誉さんが拝み屋で、離婚の祈禱をしてくれるだなんて話、信じてもらえるとは思ってなかった）

香奈枝さんの顔を見つめていると、誉さんが、

「行くぞ」

と私たちを促した。

鳥居に一礼して岡崎神社の境内に入る。誉さんの後についていくと、本殿前の階段の下に颯手さんの姿があった。そこに白木の机が設置され、並べられた三方というお盆の付いた台の上に、魚や昆布、果物、野菜などの食べ物がのせられていた。

「これは何ですか？」

颯手さんに近づき、尋ねると、

「神饌《しんせん》や。神さまに差し上げる食べ物や飲み物やね」

との答えが返ってきた。颯手さんは私たちが香奈枝さんを待つ間に、神事のための祭場の準備をしていたのだ。

「こんなに大がかりにしちゃって……見つかったら、きっと怒られますよね？」

私がひそひそと耳打ちすると、颯手さんも同じように私の耳元に口を近付け、

「そら、神職さんに見つかったら怒られるやろなぁ。でも今回は、こちらの命様からのお願いごとや。神様のお力で、見つからへんように配慮してくれはるやろ」

と囁き、にっこりと笑った。

「あの……こちらの方は？」

香奈枝さんが颯手さんの方を見ると、颯手さんは、

「僕は一宮颯手て言います。今夜の神事の助手を務めさせていただきます」

見る人を安心させるような柔らかい微笑みを浮かべて、自己紹介をした。

「これから行う祈禱は、蟇目《ひきめ》の法という邪気払いの祈禱法から派生したもので、男女間の三角関係の解消や、離婚に効果があるというものだ」

誉さんが神饌台の前に置かれた机に弓と弓懸をのせ、矢筒から矢を取り出しながら

説明をした。矢は鏃《やじり》の根元に丸い筒のようなものが付いていていて、筒には穴が開いている。

不思議な形状だと思って眺めていると、

「鏑矢《かぶらや》や。射ると、あの穴に空気が入って、音がするねん。その音が、邪を祓うと言われてるんやで」

と颯手さんが教えてくれた。

誉さんは鏑矢も机の上に置くと、人の形をした紙を取り上げ、香奈枝さんに差し出した。

「ここに名前と年齢、性別、願いごとを書いてくれ」

すかさず颯手さんが香奈枝さんに筆ペンを渡す。

香奈枝さんは震える手で、人形《ひとがた》に記入をした。誉さんは書き終わった人形を受け取り、九字を切ると、颯手さんが差し出した箱に納める。そして、その箱を、少し離れた場所にある机の上に置いた。

「始めるぞ」

準備が整ったのか、誉さんは祭場に向き直ると腰を折り、祝詞《のりと》を唱え出した。短い祝詞が終わると、紙垂《しで》の付いた榊の枝を手に取り、神饌、弓矢、箱、そして私たちに向かって振る。

すると今度は、

「『高天原《たかまのはら》に神留《かむづま》り坐《ま》す　皇親神漏岐《すめむつかむろき》　神漏美《かむろみ》の命以《みこともち》て　八百万神等《やおよろずのかみたち》を　神集《かむつど》えに集《つど》え賜《たま》い　神議《かむはか》りに議《はか》り賜《たま》いて　我《あ》が皇御孫命《すめみまのみこと》は　豊葦原水穂国《とよあしはらのみずほのくに》を安国《やすくに》と平《たい》らけく　知《し》ろし食《め》せと　事依《ことよ》さし奉《まつ》りき』……」

長い祝詞を唱え始めた。聞いていて、全く意味が分からない。誉さんの声は耳に心地いいが、

（流石に、時刻も時刻だし、眠くなってくる……）

あくびをかみ殺し「いけない、いけない」と頭を振った。隣の香奈枝さんに目を向けると、彼女は青い顔で両手を組んでぎゅっと目を閉じている。

誉さんは長い祝詞を唱え終えると、今度はまた違う別の祝詞を唱え始めた。相変わらず私には意味が分からない言葉ばかりだったが、素戔嗚尊という神名と香奈枝さんの祈願内容は聞き取れた。

「『……尊き神の御気を蒙《こうむ》り　今當《まさ》に天地《あめつち》の弓矢と共に　己我身の弓矢を射発し八目《やつめ》の鳴り鏑《かぶら》を射放ち……』」

朗々と続けられる祝詞に耳を傾けながら、

（神様の力の宿った弓矢で射るってことなのかな）

と、誉さんの背中を見つめる。誉さんは精神統一をしているのか、その背中には張

り詰めた緊張感が漂っている。

全ての祝詞を唱え終わると、誉さんはおもむろに弓懸を手に着け、弓矢を取った。

矢をつがえて弦を引き絞り、

「『ひふみよいむね　こともちろらね　しきるゆいとは　そはたまくめか』」

と言って、箱に狙いを定めた。――その時。

「待って！」

香奈枝さんが声を上げ、

「待ってください……！」

泣き出しそうな顔で誉さんに取りすがった。

「私、やっぱり、この子を産みたいんです！　父親と一緒に育てたいんです……！」

香奈枝さんは祈禱の間、ずっと悩み、苦しんでいたのだろう。

私はその場に泣き崩れた香奈枝さんに寄り添った。

「杉沢さん」

肩に手を触れ、優しく声をかける。

「赤ちゃんを産んでください。せっかくご縁をいただいた命です。きっとこの子は、杉沢さん夫婦に幸せを運んでくれます……！」

香奈枝さんの手を取り、勇気付けるようにぎゅっと握りしめた。

「『子はかすがい』って言うし、きっとその子がもう一度、夫婦の縁を結び直してくれるで」

昔からのことわざを持ち出し、颯手さんも香奈枝さんを力づける。

「これでいいか？」

誉さんが本殿を見上げ、静かな声で語りかけた。その視線を追って私も本殿を見上げると、白い髪に赤い目の女性がこちらを見下ろして微笑んでいた。

＊

翌日、私と誉さんは、客のいない『Cafe Path』で、ホットサンドイッチセットを食べていた。

昨夜、夜遅くまで神事をしていたので、帰って来たのは明け方だった。昼前まで寝ていた私は、誉さんに誘われ、『Cafe Path』に遅めの朝食兼昼食を食べに来たのだ。

「味はどう？」

普段通りに店を開けた颯手さんは、きっとあまり寝ていないと思うのだが、そんなことを微塵も感じさせない爽やかな笑顔で、私たちに声をかけた。

「おいひいです」

口の中をパンでいっぱいにしながら答える。

「いつも通りだな。颯手、コーヒーおかわり」

「誉は愛想がないわ」

颯手さんはやれやれと肩をすくめ、キッチンへと入って行く。

私は、向かい側の席でパンに齧りついている誉さんに目を向けた。昨夜、身綺麗にしたところなので、まだ無精ひげは生えていない。

「聞いてもいいですか？」

私は前置きをすると、

「もしかして誉さんは、香奈枝さんが神事を止めると分かっていたんですか？」

と尋ねた。すると、誉さんは、

「ああ、きっと止めると思っていた。彼女は迷ってたが、切羽詰まったら、覚悟が決まるだろうと思ってな。『母は強し』と信じたいじゃないか」

と頷く。

ということは、あの神事は祈禱が目的だったのではなく、香奈枝さんに離婚を思い留まらせ、子供を産む決心をさせるために行われたものだったのだ。

よく考えたら、神様からのお願いに対して、逆の目的の祈禱をお返しするなんて、変な話だ。

「もう一つ聞いてもいいですか？」

「ん？　何だ？」

「誉さんって、何歳なんですか？」

「二十八だが？」

思っていたよりも若い年齢が返ってきて、思わず、「嘘っ」と声を上げてしまう。

「嘘ってなんだ」

「だって、もっと年上……三十代半ばだと思ってました」

「失礼な」

私の言い様に、誉さんが心外だという表情を浮かべた。

「そうしたら、颯手さんは何歳なんですか？」

「僕は二十六やで」

話し声が聞こえていたのか、キッチンから颯手さんが顔を出す。

「二人は二歳差だったんですね」

「へえ～」と声を上げると、コーヒーを運んで来た颯手さんが、

「ほんなら、愛莉さんは何歳なん？」

と問いかけてきた。

「私は二十三です」

そう答えると、

「若いなぁ」

颯手さんは眩しいものでも見るように目を細めた。

「若いと何でもできるからええね。人生まだまだこれからっていう感じや」

自分も十分若いのに、爺臭いことを言う。

「何でもなんて……できませんよ。私は何も取り柄がないし、メンタルも弱いし、できないことだらけです」

（恋愛だって、まともにできなかった）

自嘲気味にこぼしたら、俯いた私の額を誉さんが指で弾いた。

「痛っ！　何するんですか」

顔を上げ、頬を膨らませて誉さんを見ると、誉さんは、

「取り柄はあるだろ。そのメンタルの弱さだよ」

と言って笑った。

「はい？」

（弱くていいことなんて、あるとは思えない）

私の内心を読んだように、誉さんは首を振ると、

「弱いということは、他人の痛みが分かるということだ。優しく繊細な気質は、他人

の気持ちを察し、思いやることができる」

笑顔を微笑みに変え、柔らかな口調でそう言った。

「…………」

思わず、胸がいっぱいになった。

私は今まで一度も、自分の弱さをそんな風に考えたことはなかった。

「ありがとうございます……」

お礼を言った声が震えてしまったことに気付かれていないといいのに、と思っていると、誉さんは、

「ただ、あんたの場合、もう少し、他者と自分の間に境界線を引けた方がいいな」

と考え込む様子を見せた。

「それ、聞きたかったんです。境界線を引くって、どうすればいいんですか？」

話題が、まさに気になっていたことに向き、私はテーブルの上に身を乗り出した。

「そうだな……まずは、『自分と他人は違う人間だ』ということをしっかりと意識することだな。例えば、今、自分の財布に千円だけ入っていたとする。あんたはそのことについてどう思う？」

「ええと、千円しか入っていないから、何かあったらどうしよう……って思います」

「俺は違う。千円もあるなら、コーヒーがもう一杯飲めるな……と思う。同じ事柄に

対して、感じ方も認識も、人それぞれなんだ。皆が違う内部世界を持っている。だからまず、自分と他人は違う、ということを強く意識するんだ」

頷くのも忘れて、誉さんの話に聞き入る。

「境界線の薄さは、承認欲求とも関連しているんじゃないかと、俺は思う。誰かに認められたいという思いが、嫌われたくない、良い子でいたいという思いに繋がり、より相手に寄り添おうとするんだろう。優しいのは良いことだ。でも相手は違う内部世界を持った違う人間なんだ。あんたがつらくなるほど気にすることじゃないし、あんたを認めている人間だって必ずいる。あんたはただ、自分を大切にしてやればいいんだ」

「――はい」

今度は、震える声を隠せなかった。ぽろり、と涙が零れると、あとは歯止めがきかなくなった。

「愛莉さん」

颯手さんが優しい声で名前を呼び、ハンカチを差し出してくれる。

「あんまり女の子を泣かすもんやないで。この色男」

「別に泣かそうと思ったわけじゃない」

誉さんは弱ったように頭を掻くと、ふい、と横を向いた。

三章　熊野若王子神社《くまのにゃくおうじ》の八咫烏《やたがらす》

七月に入り、『Cafe Path』での仕事が始まった。

『Cafe Path』の開店時間は十一時。十時半前には店に行き、開店準備を始める。勤務時間は十八時までとなっているが、閉店時間はきっちりと定まっているわけではなく、日没後、という曖昧な時間設定になっていた。日が暮れると『哲学の道』を歩く人はいなくなり、客も来なくなる、という理由のようだ。

今日の『Cafe Path』は、日中は客が入っていたものの、夕方になるとぱったりと途絶え、私は手持ち無沙汰にテーブルを拭いていた。窓の外は薄暗くなるにはまだ早かったが、カウンターでノートパソコンに向かい、何か作業をしていた颯手さんが手を止め、私に近付いて来て、

「愛莉さん。もう、誰も来いひんやろし、閉店作業しよか」

と声をかけた。

「はい。分かりました」

「今日はいつもよりも早いな」と思いながらも頷く。

私は二階からモップを取ってくると、軽く床の掃除をした。テーブルや椅子を整え

ている間、颯手さんがレジ締め作業を行う。

手早く店内の掃除を終えると、店の外に出て、ブラックボードを持ち上げた。

「よいしょ、っと」

軽く声を出して、それを店内へと移動させ、扉のそばに置く。それから、先ほど使っていたモップを再び手に取り、二階へ片付けに上った。

『Cafe Path』の二階は、休憩室、兼、物置になっている。一階にあるのと同じ客用のテーブルと椅子が一セット置かれていて、休憩時間になると、私はそこで颯手さんの作ったまかないを食べていた。

壁には日本画や西洋画など、和洋取り混ぜて絵が掛けられ、以前、この建物が、颯手さんのおばあさんが営んでいたギャラリーだったという面影を残していた。おばあさんは亡くなる前に、この建物を颯手さんに譲ったのだそうだ。

部屋の中には絵画の他に、先日、岡崎神社で神事を行った時に使っていた白木の机や三方などもしまわれていて、全体的にごちゃごちゃとした雰囲気だ。

私はモップを部屋の隅に立てかけると、一つの絵に近づき、視線を向けた。着物を着た白髪の上品な老婦人の絵は、勢津《せつ》さんという颯手さんのおばあさんの肖像画なのだそうだ。

（この人も陰陽師だったんだよね……）

私は、颯手さんに面影が似ているものの、少し気の強そうな勢津さんの顔を見つめ、

（誉さんと颯手さんに力の使い方を教えた人。どんな人だったんだろう。お会いしてみたかったな……）

と思った。

私は絵から視線を外すと、階段を下りた。レジカウンターでは、颯手さんが、出力したレシートをノートに貼り付けているところだった。

「今日の売り上げはどうでしたか？」

そう尋ねてみると、

「赤字やなぁ。やっぱり夏は人が少なくてあかんね」

颯手さんは肩をすくめて溜息をついた。そして、

「ああ、愛莉さん。今日はもう帰らはったらええよ。後は僕が戸締りするだけやし」

と私を促したので、私はお言葉に甘えて先に帰らせてもらうことにした。

夕暮れの鹿ヶ谷通を歩き、アパートに戻ると、

「あれ？」

外付けの階段を上がっていく見知らぬおばあさんの姿を見つけた。白髪にパーマをかけた髪形に年齢を感じるが、背筋はしゃんと伸びている。

（誰だろう？　アパートの住人さんじゃなさそう）

気になりながら、私も階段を上ると、おばあさんは誉さんの部屋の前で立ち止まり、ドンドンと扉を叩くなり、

「誉ちゃん。頼んでたもん、できた？」

と大声を上げた。

（ほ、誉ちゃん？）

あまりにも誉さんに似つかわしくない呼び方に面食らっていたら、扉が開き、不機嫌そうな様子の誉さんが顔を出した。

「ばあさん。『誉ちゃん』って呼ぶのは止めてくれ、って前から言ってるだろう」

無精ひげの生えた誉さんには、やはり、ちゃん付けは似合わない。あまりにもちぐはぐな呼び名に、思わず、ぷっと吹き出してしまった。

すると、私の笑い声に気が付いたのか、誉さんとおばあさんがこちらを振り向いた。

「あれまあ、もしかして新しい住人さんなん？　えらい可愛《かい》らしい子が越して来たもんやね」

おばあさんは目を丸くすると、私の顔をまじまじと眺めた。「あんたどこから来たん？」と尋ねられたので、

「東京です。水無月愛莉と言います」

と答えると、おばあさんは、

「うちは誉ちゃんの祖母の友人でな、花背芳《はなせよし》言うねん。よろしゅうな」

と微笑んだ。そして、芳さんは、

「誉ちゃん。隣に可愛い子が来たからていうて、手ぇ出したらあかんえ」

と言って、誉さんの肩をバシンと叩いた。

「出さねぇよ。何、阿呆なこと言ってるんだ、ばあさん。これを取りに来たんだろ」

誉さんは眉間に皺を寄せて否定をすると、手に持っていた茶封筒を芳さんへ差し出した。芳さんはそれを受け取り、中身を確認して、

「そう、これこれ。おおきに、誉ちゃん」

と、今度は誉さんをねぎらうように、ぽんぽんと肩を叩いた。

「頼むから、二十枚も札を書けとか言うの、やめてくれ。腕がもげるかと思ったぜ」

「もげるかいな。大層やな」

やれやれと言った様子の誉さんを見て、芳さんは、あははと笑っている。

（札？）

私は誉さんが芳さんに渡したものに興味を引かれ、芳さんの手元に視線を向けた。

（赤い……短冊？）

短冊には、記号のような図形が描かれているが、何を表現しているのかはよく分からない。

私が短冊を見つめていることに気が付いたのか、芳さんは私に短冊を見せると、

「これはな、ちんたくれいふ、っていうお札なんや」

と言った。

「ちんたくれいふ？」

聞いたことのない言葉に、首を傾げる。

「『鎮宅霊符』な」

私たちのイントネーションがおかしかったのか、誉さんが口を挟み、訂正をした。

「誉ちゃんが書くお札は、効果抜群なんや。これで、疫病神《やくびょうがみ》も退散やで」

「疫病神？」

芳さんの言葉に、再び私が首を傾げると、

「病気をもたらす悪神だな」

誉さんがそう答えた。

「オーバーなんだよ、ばあさん。死んでも死なないような元気があるくせに。二十枚も札がいるのかよ」

「何言うてんの。この年になるとな、病気には重々注意しなあかんねん。老人は、こ

ろっと死んでしまうんやで。このお札はな、俳句教室の友達にもあげるねん。おおきに、誉ちゃん。これお札」

芳さんは提げていたバッグからポチ袋を取り出すと「はい」と誉さんに差し出した。

「ん。サンキュー」

誉さんがポチ袋を受け取ると、

「ほな、帰るわ。愛莉ちゃん、またね」

芳さんは手を振って、階段を下りて行った。

「明るい方ですね」

芳さんの背中を見送った後、誉さんを見上げてそう言うと、誉さんは、

「俺のばあさんの旧友でな。ばあさんの跡を継いで俺が拝み屋をやってるのを知ってるから、ああして時々、札を頼んでくる。まあ、気のいいばあさんだよ」

と笑った。手に持っていたポチ袋を開けて、中身を取り出すと、一転、表情を曇らせ、

「……報酬が少ないのは、困りもんだが」

と溜息をついた。

誉さんの指に挟まれているのは一万円札。

（少ない……のかな？）

お札を二十枚書いたと言っていたので、一枚五百円の換算だ。お札を書く手間がどれほどのものなのか分からなかったので、私はそれには何も答えず、

「誉さんって、漫画家だけじゃなくて、拝み屋商売もしてるんですよね」

と話しかけた。

「ま、副業だな」

「主にお札を書いてるんですか？」

「色々だな。依頼があれば、憑き物や呪いも祓う」

「呪い？」

そんな物騒な依頼、誰からくるのだろうと思ってびっくりしていると、

「世の中には、呪われて困ってるって奴が結構いるんだよ」

誉さんは、にやりと唇の端を上げた。

「呪われて困ってる人って……」

気になって問いかけようとしたら、私が質問を言い終えるよりも早く、

「守秘義務」

と先手を打たれてしまった。

それ以上聞いても教えてくれそうにはなかったので、一体どんな人たちなんだろう

と心の中で考えていると、誉さんが、ふと思いついたように、

「あんた、南禅寺の湯豆腐って食べたことあるか？」

と聞いてきた。

「湯豆腐、ですか？」

「京都は水がいいから、豆腐が美味くてな。特に、南禅寺の湯豆腐は有名だ。もしまだ食べたことがないのなら、食いに行くか？　こづかいも入ったしな。俺もたまには美味いもんを食いに行きたい。奢ってやるよ」

ぴらりと一万円札を見せた誉さんに、私は、

「行きたいです！」

と勢い込んで頷いた。


翌日は『Cafe Path』の定休日だったので、早速、湯豆腐を食べに行くことになった。

市バスで『南禅寺・永観堂道』のバス停まで行き、そこから徒歩で南禅寺に向かう。バスを降り、白川《しらかわ》という川沿いにしばらく歩いて行くと線路が見えてきた。廃線のようだ。

線路の手前の道を曲がり、南禅寺方面へと足を向けた誉さんに、

「さっきの線路って何だったんですか？」

　と問いかけると、

「岡崎エリアに琵琶湖疏水が流れてるだろ？　あれは、明治時代に、天皇が東京へ引越して衰退しちまった京都を復興させるために造られたものなんだ。水力発電や、上水道、灌漑、水運なんかが目的だったわけだが、この場所――蹴上《けあげ》は高低差が大きくてな。水運の舟の行き来が難しかったんだ。だから、線路を敷いて、舟を台車に乗せ、ワイヤーロープを巻き上げて上下させてたんだよ。それがさっきの線路、インクラインだ」

　と説明をしてくれた。

「そうなんですね。線路跡って、何だか絵になりますね」

「春は桜も咲いて、もっと絵になるぞ」

　それはぜひ桜の季節にも訪れてみたいと考えていると、

「着いたぞ」

　誉さんは南禅寺門前の一軒の湯豆腐屋の前で足を止めた。

　立派な門を潜り、日本庭園のような通路を抜け、のれんの掛かった建物へ向かう。

　扉を開けると「いらっしゃいませ」と店員が近付いて来て、お座敷席に案内してくれた。

「好きなもん頼んでいいぞ」

誉さんがテーブルの上のメニュー表を差し出したので、

（湯豆腐に、湯葉、おぼろ豆腐……）

私はページをめくりながら、いくつかのセットメニューを見比べ、

「やっぱり湯豆腐がいいです。これにします」

一番ベーシックでお手頃な値段の湯豆腐のセットを選んだ。

「んじゃ、俺もそれにするか」

誉さんも同じものを選び、店員を呼んで注文をする。

しばらくお喋りをしながら料理が来るのを待っていると、女性店員がお盆を持って近付いて来た。

「お待たせしました。自家製豆乳です。こちらは炊き合わせと胡麻豆腐です。お豆腐は食べ頃になったら蓋を開けに参りますので、しばらくお待ちください」

テーブルに料理が並べられる。豆腐の鍋は火の付いたコンロに乗せられて、まだ蓋をされている状態だ。

「いただきます」と手を合わせ、まずは豆乳の器を手に取り、一口飲んでみる。すると、

「甘い……！」

上品な甘さが口の中に広がり、私は目を丸くした。

「うん、いける」

誉さんも美味しそうに目を細めている。

すぐに豆乳を飲み切り、豆腐が温まるのを待つ間、炊き合わせに箸を付けていると、店員が戻って来て、鍋の温度を確認し、

「お待たせしました。どうぞ」

と蓋を開けてくれた。

「わあ！」

湯の中に白くて綺麗な豆腐が浮かんでいる。一人一丁分ほどあるのか、結構量が多い。

私は早速、豆腐掬いを手に取った。ふるふると震える豆腐を一つ掬い取り、お椀に入れる。つゆを上からかけて箸を入れ、崩さないようにそっと口に運ぶと、大豆の甘さとつゆの出汁が相まって、家で作る湯豆腐とは全く違う味がした。

「お、美味しい……！　美味しいです、誉さん！」

思わず誉さんの顔を見て感動を伝えると、誉さんはそんな私が面白かったのか、

「そんなに喜ぶなら、連れて来た甲斐があるってもんだ」

と笑った。

その後も、豆腐の田楽、天婦羅、ご飯に香の物と、続々と料理が運ばれて来て、私たちは何度も「美味しい」と舌鼓を打ちながら食事をした。

奢ってくれるという言葉通り誉さんが会計をしてくれたので、店を出た後、私は彼に向かって、

「素敵なお店に連れて来ていただありがとうございました。ごちそうさまでした」

とお礼を言った。私の感謝の言葉に、誉さんは「ん」と短く答えた後、

「せっかく南禅寺に来たんだ。軽く中も見て行かねぇか？　いい庭園があるんだ」

と言った。誉さんのお誘いに興味を引かれ「行きたいです」と頷く。

中門から南禅寺境内に入り、庭園を目指して奥へと歩いて行くと、右手の木立の合間に、アーチ状の橋のようなものが見えてきた。寺の境内にあるにしては洋風の建築物だったので、不思議に思い、立ち止まると、

「水路閣だ。さっき琵琶湖疏水の話をしただろう？　水路閣も琵琶湖疏水の一部で、上には今でも水が流れている。近くまで行ってみるか？」

誉さんが声をかけてくれたので、私は元気よく「はい」と答えた。

水路閣に近づいてみると、レンガ造りのレトロな建物はとてもフォトジェニックで、着物姿の女性たちが楽しそうに記念撮影をしていた。

「この場所、素敵ですね。私も今度、着物で来てみたいなぁ」

感想を口にすると、誉さんは「だろ？」と言って嬉しそうに笑った。誉さんは、以前、私がお勧めの観光名所を尋ねた時も水路閣の名前を挙げていたので、この場所がお気に入りなのかもしれない。

しばらく水路閣を眺めた後、私たちは坂の上の本坊に入り、『虎《とら》の児渡《こわた》し』の枯山水の庭園を拝観した。

本坊を出て、再び境内へ戻ると、誉さんが、

「後はどこか行きたいところがあるか？」と問いかけてきた。私は「うーん」と言って少し考えた後、

「熊野若王子神社に行きたいです」

と答えた。

「熊野若王子神社？」

意外な場所が出てきたという顔をした誉さんに、

「そういえば、ちゃんと行ったことがないなって思って。『哲学の道』の南の起点なのに」

と話す。誉さんは、

「確かに、アパートは北側の銀閣寺の方だから、南側にはあまり行かないかもしれないな」

と腕を組み、

「それなら、行ってみるか」

と頷いた。

南禅寺を抜け、男子校の前を通り、『哲学の道』へと向かう。『哲学の道』の南の起点、若王子橋を渡ると、熊野若王子神社の鳥居が見えてきた。

鳥居に続く石橋の両側に、注連縄《しめなわ》を掛けられた木が立っている。左側の木は葉を茂らせていたが、右側の木は途中で切られてしまったのか、幹だけしかなかった。幹の手前に「京の名木　梛《なぎ》」という立札が立てられていて、「当社の神木」との説明が書かれている。

「この木……折れてしまったんでしょうか」

痛々しい梛を見て、一体この木に何が起こったのだろうと悲しい気持ちになっていると、誉さんが、

「樹齢四百年以上ある名木だったらしいが、倒れかけてきて、支柱をしても危ないとかで、泣く泣く切ったと聞いた。でも、まだ生きているらしいぜ」

と教えてくれた。

「強いよな」

眩しそうに梛を見上げる誉さんの横で、私も改めて御神木に目を向けた。「生きて

いる」と聞いて、ほっとした。

　誉さんは再び歩き出すと、石橋を渡り、鳥居に向かいながら、

「この熊野若王子神社は、後白河法皇《ごしらかわ》が熊野権現の分霊を紀州からお迎えしたのが始まりだ。紀州というのは、今でいうところの、和歌山県や三重県南部だな。熊野詣に向かう修験者は、ここで身を清めてから出発したと言われている。御祭神は、国常立神《くにとこたちのかみ》、伊佐那岐神《いざなぎのかみ》、伊佐那美神《いざなみのかみ》、天照皇大神《あまてらすすめおおみかみ》だ」

　と言った。

　一礼して鳥居を潜ると、境内は全景が視界に入るぐらいの広さで、恵比須《えびす》社と本殿が並んで建っていた。

「落ち着いた、自然いっぱいの神社ですね」

　誉さんにそう話しかけた時、

「何で、部活辞めてん！」

　突然、大声が聞こえてきて、私はびっくりして、声のした方向へ目を向けた。

「もうすぐ試合やろが。お前が辞めて、俺が補欠から繰り上がっても、なんも嬉しないねん！」

　見れば、手水舎の前で、制服姿の男子高校生が口論をしている。眉毛の細いやんちゃそうな外見の少年が、掴みかからんばかりの勢いで、クールな雰囲気の少年を責

めていた。

やんちゃそうな少年の剣幕を、クールな少年は、黙って受け入れているように見える。

「彼女できて浮かれてんのか？　まさか、彼女と遊びたいから辞めたとか言うなよ！」

怒り心頭の少年に向かい、クールな少年が、重たそうに口を開いた。

「そうや、高校生活は短い。俺は紗耶香《さやか》と楽しい思い出を作りたい。それに、受験まで、あっという間や。俺、国立大学を目指すことにしてん。塾にも行き始めたし、今までのように、サッカーをしている時間はあらへん」

淡々とした声音でそう言った少年の胸ぐらを、やんちゃそうな少年が掴むと、拳を振り上げた。

（わわっ！　本格的な喧嘩だ……！）

私は思わず目をつぶったが、少年がもう一人の少年を殴った気配は伝わってはこなかった。そっと目を開けると、怒っている少年は、クールな少年の両肩を手で押さえ、体を震わせていた。

「何でや……約束してたやんか。一緒に夏の大会に行こうって。俺は補欠やったけど、翔平《しょうへい》が選手に選ばれて、ほんまに嬉しかったのに………」

「……駆流《かける》、ごめん」

翔平と呼ばれた少年は、固い表情で頭を下げた。けれど、次の瞬間、駆流君の手を振り払い、背中を向けて歩き出した。翔平君は、私たちの存在に気が付き、ちらりとこちらに目を向け、ばつの悪そうな顔をしたが、そのまま足早に境内を出て行ってしまった。私たちに喧嘩を見られていたことが、恥ずかしかったのかもしれない。

私もまた、彼らの喧嘩を覗き見ていたことに恥ずかしさを感じ、心の中で「ごめんね」と謝った。

一人取り残された駆流君に視線を向けると、彼は唇を噛んで立ち尽くしている。

（声をかけるのも、変だよね……）

このまま気付かなかったふりをして通り過ぎた方がいいのだろうかと考えていると、隣の誉さんが、やおら歩き出し、駆流君の方へと近付いて行った。

「ほ、誉さんっ？」

私は驚いて、慌てて彼の後を追い駆けた。駆流君は誉さんに気が付くと、顔を上げ、目を丸くし、

「あれ？　誉の兄ちゃん？　何でこんなとこにおるん？」

と名前を呼んだ。

（誉の兄ちゃん？）

二人は知り合いなのだろうか。

「よう、駆流。どうしたんだ？　友達と喧嘩をしていたのか？」

誉さんが気さくに駆流君に話しかけると、駆流君は、

「変なところ見られたなぁ」

と弱ったように小さく笑った。そして、

「あいつ、サッカー部の同級生なんすよ。一緒に大会に行こうてたのに、約束破りやがった。補欠の俺とは違ごて、選手に選ばれてたのに……腹立つわ。あいつが辞めたし、俺は補欠から繰り上がって、試合に出られるようになったんです。お情けをかけられたってことっすよ」

憤慨した様子でそう続けた駆流君の言葉に、誉さんは優しい顔で「そうか」と相槌を打った。

「俺、気ぃ悪いんで、もう帰ります。兄ちゃん、いつもばあちゃんのお願い、聞いてくれてありがとう」

駆流君が軽く手を上げて境内を出て行くと、私は誉さんを見上げた。

「あの子と知り合いだったんですね」

「まあな。あいつは、芳ばあさんの孫なんだよ。小さい頃は、よく遊んでやった」

誉さんからそんな答えが返ってきて「だから兄ちゃんなのか」と納得をする。

「お友達と喧嘩をしていましたね」

駆流君の悔しそうな顔を思い出して、私は胸が痛くなった。一緒に頑張ろうと言っていた約束を破られるということは、裏切りに遭うということだ。あんなに怒るなんて、きっと二人は仲が良かったに違いない。

駆流君の気持ちを思い、自分まで気持ちが落ち込んでしまった私を見て、誉さんが、

「愛莉、考え過ぎるな。当人たちの問題は、当人たちで解決するしかないんだからな」

と言った。

「気を取り直して、お参りをするぞ」

手水舎へ向かった誉さんに倣い、私も手水舎に近付くと、柄杓を取って、まずは左手を洗い、次に右手を洗い、左手に受けた水で口をすすいだ。かたんと柄杓を置いて、さあ本殿に向かおうと思って振り返ると、

「きゃあっ」

すぐ目の前に、黒い着物姿の若い男性が立っていて、私は驚いてのけぞった。

漆黒の髪と瞳の男性は、私の顔をじっと見つめ、

「お前は、水無月愛莉か？」

と尋ねた。どうしてこの男性が私の名前を知っているのだろうと警戒しながら、

「は、はい、そうですけど……」

と頷くと、男性は今度は誉さんに視線を向け、

「その頬の傷……お前は神谷誉だな」

と言った。

「――そうだが？」

誉さんが怪訝な顔をする。

その時、さあっと風が吹き、男性の着物の袖が揺れた。そして私は、そこで初めて、彼が隻腕であることに気が付いた。

「あんた、まさか……熊野若王子神社の八咫烏か？」

風が収まると同時に、誉さんが男性に呼びかけると、目の前の男性はゆっくりと頷き、

「いかにも。俺はこの社の神使、八咫烏だ」

と正体を明かした。

（神使！）

これで神使に会うのは四人目だ。

（人、と言っていいのかどうかは分からないけど）

けれど、人の姿を取った彼らは、私たちと何ら変わらないように見える。

「どうして現れたんだ？　まさかと思うが……頼みごとじゃないだろうな」

誉さんが用心深く問いかけると、八咫烏は、

「大豊神社の狛ねずみと、東天王岡崎神社の狛うさぎから、噂は聞いていた。神の願いを叶えて回っている人間がいる、とな」

と静かな声音で言った。

（また、神使ネットワークだ……！）

私は、神使たちが集まってお喋りをしている姿を想像し、微笑ましくなった。

（もしかして、皆でお茶会とかしてるのかな？）

のんきにそんなことを考えている私の隣で、

「別に、叶えて回っちゃいない」

誉さんが「変な噂が立っちまったな」と不本意な様子でつぶやいた。けれど、諦めたように、

「で、あんたの頼みごとはなんだ？」

と八咫烏に視線を向けた。

「先ほど、お前たちも見ただろう。ここで二人の少年が言い争いをしていたのを」

八咫烏に問われて、私たちは頷いた。

「彼らは、サッカーという競技を嗜む若者でな。この社に、よくお参りに来てくれていたのだ。人間たちは、我ら八咫烏を、サッカー競技のシンボルとして崇めているようでな。我らは神の使いの鳥であり、導くものであるが、そのような競技と関連付けられるとは……人とは面白いものだ」

八咫烏がサッカー競技のシンボルになっていることを知らなかった私は「へええ」と感心した。

「あの少年たちが熱心にお参りに来るので、我が社の神も、彼らには目をかけていたのだ。しかし、先ほどの彼らの様子を見て、非常に心を痛められてな……。都合よくお前たちがそばにいたので、あの少年たちの縁を元通りにするよう、頼んで参れと命を受けた」

八咫烏の話を聞いて、誉さんは、はぁと溜息をついた。

「当人たちの問題は、当人たちで解決するしか……」

先ほど私に言ったのと同じことを口にしようとした誉さんを、八咫烏がじろりと睨む。

神使に睨まれて、誉さんは、途中で口を閉ざすと、

「――分かったよ。知らない奴でもないし、何とかしてみよう」

と頷いた。

＊

熊野若王子神社の八咫烏に頼まれごとをされてから、一週間が経った。誉さんはその間、駆流君に会いに行き、翔平君と仲直りする気はないのかと、ずばり、聞いたらしい。けれど、駆流君は翔平君に対してまだ怒りが収まっていないのか「しいひん」と首を振り、「なんで兄ちゃんがそんなこと言いに来るねん」と逆に怒らせてしまったのだそうだ。

それ以降、誉さんは、二人をどう仲直りさせていいのか、悩んでいるようだ。

「どうしたらいいのかなぁ……」

私は大豊神社の大国社の前の階段に腰をかけ、膝に肘をついて顎を支えながらつぶやいた。

「どうしたんです？　愛莉さん」

「何か悩みごと？」

私の横には、人の姿を取った阿形君と吽形ちゃんが座っている。私が持ってきたクッキーを美味しそうに食べながら、小首を傾げた。

「ええとね、この間、熊野若王子神社の八咫烏さんに頼まれごとをされてね……」

高校生たちの喧嘩の仲裁をし、仲直りさせなければいけない話をすると、

「ああ、八咫烏さんも、あなた方に頼みごとをしたんですね」

「この間皆で集まった時に、興味深そうに話を聞いてたもんね」

阿形君と吽形ちゃんは顔を見合わせて、うんうんと頷いた。

「やっぱり、神使たちで集まったりするんだ」

「お茶会かな？」と思って問いかけると、

「時々ね。神使たちは皆仲良しだし、集まって情報交換したりするの」

と吽形ちゃんが教えてくれる。

「お菓子を食べたりする？」

「お菓子？　ううん」

吽形ちゃんが首を振ったので、

「それじゃあ今度、集まった時に皆で食べられるように、いろんなお菓子を持って来てあげるね」

と言ったら、吽形ちゃんは、

「わあ、本当？　嬉しい」

と手を叩いて喜んでくれた。

「愛莉さん」

私と吽形ちゃんがお喋りをしている間、黙って何か考え込んでいた阿形君が、不意に私の名前を呼んだ。

「うん？　なぁに？　阿形君」

「八咫烏さんの頼みごとなんですが、もう一度、熊野若王子神社に行って、彼に会ってみてください。きっと、今回のことで、新たな見方を教えてくれるはずですよ」

謎めいた阿形君の言葉に、首を傾げる。

「それって、どういうこと？」

「今ここで僕が説明するより、実際に行く方がいいと思います。熊野若王子神社の本殿に手を合わせれば、分かると思いますよ」

そう続けられ、私は意味が分からないままに「じゃあそうしてみるね」と頷いた。

阿形君に勧められたので、私は大豊神社を後にすると、熊野若王子神社へと向かった。七月も半ばになり、最近は暑さが増しているものの、山に面した『哲学の道』は、心なしか涼しく感じられる。

今日は疏水に二羽の鴨が泳いでいた。見かける時と見かけない時があるので、彼らは一体どこに住んでいるのだろうなどと考えながら遊歩道を歩いていると、いつの間にか若王子橋に辿り着いていた。

橋を渡り、熊野若王子神社の鳥居を潜る。今日は境内には人がおらず、静かな雰囲気が漂っていた。

（阿形君は、本殿に手を合わせれば分かるって言っていたよね）

狛ねずみの言葉通り、階段を上がって本殿の前に立つと、私は財布からお金を取り出し、賽銭箱に入れた。深く二拝して、二拍手し、

（駆流君と翔平君が仲直りできますように）

とお願いをした後、もう一度深く一拝する。お参りをしたら、神様のお告げか何かがあって、阿形君の言っていた意味が分かるのかと思っていたが、何も聞こえてこなかったので、私は、八咫烏を探すように本殿を見上げた。

（烏だし、空を飛んでいたりしないかな？）

すると、ふと、屋根の下に掛けられた神額が目に入り、私は視線を止めた。緑の額の中に、金色の大きな文字で「熊野大権現」と書かれている。

「立派な額だなぁ……」

それを眺めていると、

「ん？」

私はあることに気が付いて、目を瞬かせた。「熊」の文字の「ヒ」の部分が、鳥の形に見える。そう気付いて他の文字にも目を向けると、「権」の文字や「現」の文字

の中にも鳥の形を見つけることができた。

「なんで文字の中に鳥が隠れているんだろう。もしかして、ここの神使が八咫烏だから？」

思わず疑問を声に出すと、

「いかにも」

背後から話しかけられて、私はびっくりして振り返った。

「八咫烏さん！」

そこにいたのは、今日も黒の着物を着た八咫烏の化身だった。本殿の前の階段下から、私を見上げている。

「その額の文字は、烏文字《からすもじ》と言う」

八咫烏はそう言いながら、階段を上がってくると、私の隣に立ち、額を見上げた。

「愛莉殿は、あの額の中に、いくつ烏を見つけることができるかな？」

「ええと……」

問われて、私は額の中の烏を数えてみた。

「いち、に、さん、し……十羽でしょうか」

「正解だ」

八咫烏に頷かれて、

「やったあ！」

と手を叩いたが、

「しかし、あの額の中の烏は、三羽という者もいれば、二十羽という者もいる」

と続けられ、首を傾げた。きょとんとしている私の顔を見て、八咫烏は、ふっと笑うと、

「あの額の烏の数に、正しい答えは無いのだ。あの額には『全てにおいていずれも正しく、物事を色々な視点から見なければならない』という教えが込められている。皆が正解なのだ」

と教えてくれた。

「皆が正解……」

私は八咫烏の言葉を繰り返した。

誰が正しくて誰が間違っていると否定をするのではなく、多角的にものを見る柔らかな心を持たなければならないのだと言われているような気がして、私はもう一度、神額を見上げた。

（多角的に物事を見る……）

それは、一つの事柄に対し、他の見方ができるということ。

そう考えて、私は、ハッと気が付いた。

（もしかして、翔平君が部活を辞める理由。彼女と遊びたいからとか、塾に行き始めたからとか、そういうことの他に、何か訳があるのかも……！）

私は八咫烏の顔を見ると、

「ありがとうございます、八咫烏さん」

とお礼を言った。

「私、もう一度、翔平君に会ってみたいです。会って、本当のことを聞いて……あっ、しまった！　彼がどこにいるのか分からない」

勢い込んで言ったものの、途中で、翔平君にどこで会えるのか分からないことに気が付いた。

（誉さんに頼んで、駆流君に連絡先を聞いてもらう？　ああ、でも、ひねくれちゃってる駆流君が、教えてくれるかな……）

口元に手を当て、考え込んでいたら、八咫烏が、

「あの少年の居場所なら分かるぞ。すぐそこの男子校の学生だ。今日は学校に行っているだろう」

と教えてくれた。

そういえば、永観堂の近くに男子校があったことを思い出し、私は、ぽんと手を打った。

「それなら、私、校門の前で翔平君を待ちます」

「そうしてみるがいい。じきに下校時間だ。必ず出て来るだろう。恋人の姉だとでも言えば、話をしてくれるのではないか？」

アドバイスをしてくれた八咫烏に「ありがとうございました」と手を振って、私は熊野若王子神社を後にした。


永観堂の近くのその高校は、部活動が盛んなのか、校舎に、どの部活がどんな競技に出てどんな成績を上げたのかが書かれた垂れ幕が、たくさん掛かっていた。

「凄いなぁ」と思いながらそれらを見上げる。そして、八咫烏に保証されて、勢い込んで来てみたものの、校門の前で待ち伏せて、果たして翔平君を捕まえることができるのだろうかと不安になった。

（もし会えたとしたら、何て言って話しかけよう）

考え込んでいると、下校時間になったのか、敷地の中から、ぞろぞろと男子学生たちが出てきた。校門のそばに立っている私に気が付くと、「誰？」というように好奇の視線を向けていく。

（待ち伏せは……やっぱり無理があったかも………）

早くも後悔をし始めたが、それでも心を強く持って、翔平君が現れるのを待っていると、見覚えのある男子学生が私の目の前を通り過ぎた。

「あっ、翔平君。待って」

急いで名前を呼んで引き留めると、翔平君は足を止めて振り返り、

「――誰？」

訝しそうな視線をこちらに向けた。

（あ……そうだよね。翔平君は私のことを、きっと覚えていないよね）

彼にとって私は、突然、声をかけてきた見知らぬ女だ。警戒するのも当たり前。私は、八咫烏に教えられた通り、

「あ、あのね。私、翔平君の彼女の姉なの。今日は、妹の彼氏に会ってみたくて、翔平君を待ってたの」

とでまかせを言った。「嘘だと見破られたら後がないな」と不安だったが、

「紗耶香の姉さん？」

意外にも、翔平君は私の嘘を信じたようで、表情を和らげた。

「どうも。紗耶香にはお世話になってます」

丁寧に頭を下げた翔平君を見て、「この子はいい子なんだな」と感じた。

「こちらこそ、妹がお世話になっていて、ありがとう。あのね、それで……妹に相談されたことがあって………」

私は翔平君に不審に思われないよう、努めて笑顔を浮かべながら、頭の中で組み立てていた作り話を口にした。

「翔平君が、一生懸命頑張っていたサッカー部を辞めたこと、妹が残念がっていて、私のせいなのかな、って落ち込んでいるの。だから私、妹のことが心配になって、翔平君に会いに来たんだ。……ねえ、どうして、部活を辞めようと思ったの？」

嘘を言う後ろめたさと、「的外れなことを言っていたらどうしよう」という心配を抱いていると、翔平君は、

「紗耶香がそんなことを……」

と言って、表情を曇らせた。そして私の顔を見ると、

「別に紗耶香のせいじゃないです。俺が、膝を故障して、走れなくなっただけです」

とはっきりと答えた。

「膝を故障？」

予想外の答えが飛び出してきて、目を丸くする。

「自主練、無理し過ぎたんです。自業自得です。だから紗耶香には、気にするなって言うといてください」

翔平君は少し悔しそうな顔をしたものの、今ここにいない紗耶香さんを気遣うような笑顔を浮かべた。そして、

「ほんなら、俺、これから塾があるんで失礼します」

と言って一礼すると、私の前から去って行った。

（怪我……。だからサッカーを続けられなくなったんだ。翔平君、きっと悔しかっただろうな……）

悔しさとつらさで、一緒に大会に行こうと約束していた駆流君に、本当のことを言えなかったのかもしれない。だから、彼女ができたからとか、塾に行き始めたからとか理由をつけて、誤魔化したのだろう。

（もしかすると、翔平君は、そう理由付けることによって、自分の悔しい気持ちも誤魔化そうとしていたのかな）

私は切ない気持ちで、翔平君の背中を見送った。


アパートに帰ると、私は誉さんの部屋の扉を叩いた。すると中から「はい」と声が聞こえ、ガチャリと扉が開き、

「なんだ、あんたか」

小綺麗な格好をした誉さんが顔を出した。無精ひげを生やしていないなんて珍しいと思いながら、

「誉さん。駆流君と翔平君の喧嘩の原因、分かりました」

と、玄関先で話す。誉さんは、

「そうなのか?」

と驚いた表情になった。「実は……」と、先ほど、翔平君と交わした会話について説明すると、誉さんは顎を撫で吐息した。

「なるほど。行き違い、ってやつか」

「何とか、駆流君と翔平君を仲直りさせられないでしょうか」

「そうだな、もう一度、奴らに話をさせないといけないかもな。とりあえず、俺から駆流に、翔平の事情を話してみるか」

「お願いします」

「明日、家に行ってみる。芳ばあさんに、また札を頼まれてるから、届けがてらな」

おばあさんの用事で家に来たということなら、駆流君も、また誉さんと話をしてくれるかもしれない。それに期待をして、私はもう一度、「お願いします」と言った。

「ときに、誉さん。今日はなんでひげを剃っているんですか?」

「服も、神事を行う時みたいに綺麗な白いシャツを着ているし」と思って問いかけたら、

「ばあさんに頼まれた札を書こうと思っていたんだ」

という答えが返ってきた。

「えっ？　もしかして、私、邪魔をしちゃいましたか？　すみません」

申し訳ないことをしたと思って謝ると、

「いや、これから始めるところだったから、大丈夫だ」

誉さんは、軽く首を振った。

「札って、どうやって書くんですか？」

「神事を行う時のようにきちんとした格好をしているのだから、神様にお願いをする必要があるのかな」と興味が湧いて尋ねると、

「鎮宅霊符神や、その他諸々の神を勧請し、気を集中させて書く。神饌も用意する必要があるし、御神水も貰って来なきゃならねぇし、それなりに準備がいるので、面倒くさい」

と誉さんは肩をすくめた。

「そうなんですね」

「なるほど、それだけ準備をして一枚五百円だったら、確かに安いかもしれない」と私は納得をした。

「じゃあ、俺はこれから札を書くから、できれば静かにしておいてくれるとありがたい」

誉さんに頼まれて、私は「はい」と頷き、彼の部屋を後にした。

自室に入り、誉さんは一体どんな手順で札を書くのだろうと想像を巡らせていると、しばらくして、隣の部屋から、

「『一心奉請《いっしんほうしょう》　北辰妙見《ほくしんみょうけん》　真武神仙《しんぶしんせん》　韓壇関公《かんだんかんこう》　劉進平先生《りゅうしんへいせんせい》　漢孝文皇帝《かんのこうぶんこうてい》　霊符天真《れいふてんしん》神《じん》　急急如律令《きゅうきゅうにょりつりょう》』」

言霊を唱える誉さんの声が聞こえてきた。ベッドに上り、壁に近付いて、そっと耳を傾けてみる。

「『一心奉請《いっしんほうしょう》　北辰妙見《ほくしんみょうけん》　真武神仙《しんぶしんせん》……』」

私には意味の分からない言葉の羅列だが、誉さんの声は、相変わらず心地いい。

(何だか眠たくなってくるなぁ……)

「静かにしておいてくれ」と言われたので、大人しく聞き耳を立てているうちに、私はいつの間にか眠りに落ちていた。

＊

誉さんが、芳さんの家にお札を届けに行った数日後。

私が、客の帰った『Cafe Path』でテーブルを拭いていると、開け放っていた窓の枠に、突然烏が舞い降りて来た。

「きゃっ！」

　烏が来たということだけでもびっくりするのに、普通の烏よりも大きなその体に怖れを感じ、たじろぐと、

「どうしたん、愛莉さん？」

　キッチンから颯手さんが顔を出した。

「颯手さん。烏が……。どうしましょう」

　窓枠を指さして困惑の声を上げると、颯手さんはこちらに歩み寄って来て、烏をじっと見つめ、

「愛莉さん。それはただの烏とちゃう。足を見てみ」

と私を促した。

「足？」

　恐る恐る烏に視線を戻し、言われた通りに足に目を向ける。すると、

「えっ？　三本ある！」

　普通の烏とは違う足の本数に驚いた。

「八咫烏や。もしかして、熊野若王子神社の神使やろか？」

　察しのいい颯手さんが確認したと同時に、八咫烏の姿が消え、窓枠に座る黒い着物姿の男性が現れた。

「おこしやす」

颯手さんが八咫烏に挨拶をすると、八咫烏は鷹揚に頷き、

「お前は一宮颯手だな」

と名前を呼んだ。

「ようご存じで。僕も神使の間では、有名人なんやろか？」

楽しそうに笑った颯手さんに、八咫烏は頷いた。そして、

「愛莉殿。これから社に来てくれんか？」

と私の顔を見た。

「これから？」

「ああ。あの少年たちが、社を訪ねて来ている。お前には、あの者たちの縁の行方を見届けてもらいたい」

「駆流君と、翔平君が、熊野若王子神社に来ているんですか？」

私は八咫烏さんの方へ身を乗り出すと、

「行きます。見届けます！」

と告げた。そしてすぐに、仕事中だったことを思い出し、ハッとする。躊躇《ちゅうちょ》している私に気が付いたのか、颯手さんが、

「行って来はったらええよ。今はお客さんも来てはらへんし、僕一人で大丈夫や」

と勧めてくれた。

「すみません、颯手さん。ありがとうございます」

私は颯手さんにお礼を言い、手早くエプロンを外した。それを折りたたんでカウンターの裏へ置くと、『Cafe Path』の外へ飛び出した。『哲学の道』を駆ける私を導くように、烏の姿に戻った神使が、目の前を飛んで行く。

息を弾ませて熊野若王子神社に着くと、八咫烏の言う通り、駆流君と翔平君の姿があった。前に口論していたのと同じく、手水舎の前で向かい合っている。私は二人に気付かれないように鳥居の陰に隠れ、様子を見守った。

しばらくの間、黙って向かい合っていた駆流君と翔平君だったが、先に口を開いたのは駆流君の方だった。

「翔平。人から聞いた。お前、膝、怪我してたんやってな」

「誰から聞いて……」

驚いたように目を見開いた翔平君を遮って、駆流君は、

「何で隠しててん！」

と大きな声を上げた。

「それ知ってたら、俺、お前にあんなひどいこと言わへんかったのに……。ごめん。お前の気持ちに気付かへんかった」

駆流君はうな垂れ、翔平君に謝罪をした。

「お前、つらかったよな。ほんまに、ごめん……！」

今度は、深々と頭を下げる。そんな駆流君を見て、翔平君は、

「駆流、ちゃうねん！　お前に隠してたんは、俺が自分で自分のことが情けなかったからや。勝手に膝の故障して、お前との約束守れへんようになって、どないしようって……不甲斐ない自分を認めたくなくて、サッカー辞めるんを彼女や勉強のせいにしててん。だから、お前に怒られても、仕方なかったんや。俺こそ、ごめん……！」

自分の気持ちを一気に吐き出すと、勢いよく頭を下げた。

「お前が謝んなや。俺が悪かったんやって」

「いや、駆流は悪うない。勝手に怪我した俺が悪いねん」

「いいや、俺が……」「俺の方が……」と、お互いにお互いを庇ってしばらくの間、言い合いをしていた二人は、顔を見合わせ、どちらからともなく笑い出した。

「何やってるんやろ、俺ら」

「ほんまやな」

あははと笑う彼らを見て、私は、ほっと胸を撫で下ろした。どうやら二人の縁は元に戻ったようだ。

「翔平」

駆流君は翔平君のそばへ歩み寄り、親友の手を取った。その手を開かせ、何かを握らせる。

「これ……？」

渡されたお守りを持ち上げ、翔平君が首を傾げた。

「それ、この神社の梛の葉が入った『梛御守』。知ってるか？　この神社の御神木、梛の木やねんで。罪や穢れを祓い清める木なんやって。そんでな、困難も薙ぎ払ってくれるねん。お前も、困難を薙ぎ払え！　また一緒にサッカーしようや」

駆流君の励ましに、翔平君はぐっと唇を噛むと、顔を歪めた。

「何、泣いてんねん」

「泣いてへんわ」

翔平君が蹴る真似をしたので、駆流君が「危ねっ」と声を上げた。

「お前、乱暴」

「誰が乱暴にさせてんねん」

楽しそうに笑っている二人を見て、微笑ましい気持ちになる。

「良かった……。ね、八咫烏さん」

そばにいたはずの八咫烏を振り返ると、もうそこには大きな三本足の烏も、黒い着物姿の男性もいなくて。ただ、彼の名残のように、落ち葉がくるくると舞っていた。

四章　護王《ごおう》神社の狛いのしし

夏の盛りになり、京都は連日猛暑が続いている。そんな八月のある日、

「ど、どうしたんですか？　その足！」

私が仕事からアパートに帰ってくると、二階の廊下で手すりにもたれ、やさぐれた様子でタバコを吸っている誉さんに出くわした。彼の右足は、痛々しくギプスで固定されている。

「ちょっとな……バイクで転倒して、折った」

「ええっ！」

私は目を大きく見開き、驚きの声を上げた。

「だ、大丈夫なんですか？」

「大げさな見た目だが、足の指にヒビが入っただけだ。一ヶ月もすりゃ、治る」

「一体どうしてそんなことに……」

そう尋ねると、誉さんはこの上もなく暗い顔をして、

「完全に俺のミスなんだが……立ちゴケした」

ぼそりと言った。

「立ちゴケ？」

「コンビニの駐車場にバイクを入れて停めようとした時、エンストして車体が倒れたんだ。で、足を挟んだ。ブレーキレバーも曲がるし、カウルに傷も付けちまって、最悪だ……」

足を挟んで骨にヒビが入ったことよりも、バイクに傷を付けたことの方が、誉さんにとってダメージが大きいようだ。

「バイクって、あのバイクですよね。前に乗せてもらった……」

「ああ」

「修理っていくらぐらいするんですか？」

「見積り出してみないと分からんが、数万はかかるだろうな」

「数万……」

「でもな、金の問題じゃないんだよ」

不注意で愛車に傷を付けてしまったことを、誉さんは心底後悔しているようだ。

誉さんは短くなったタバコを携帯灰皿に押し付けると、手すりから身を起こし、立てかけてあった松葉杖を手に取った。肩を落として部屋に戻って行く誉さんの背中を見て、

「あ、あのっ！　一人でご飯とか、大丈夫ですか？」

私は思わず、そう声をかけていた。

誉さんが怪訝そうに振り返る。

「私、作りますよ」

「別に、適当に食うから、一人で問題はないが……」

「いいえっ」

私は「日頃の恩義をここで返す時」とばかりに誉さんに詰め寄ると、

「作らせてくださいっ」

と迫り、

「あ、ああ……そんなに言うなら、頼む」

無理矢理、誉さんに頷かせた。

急いで自室に帰り、冷蔵庫を漁る。

「野菜と豚バラ肉がある。うん、何とかいけそう」

私は使えそうな食材を手早く袋に入れ、誉さんの部屋に向かった。

「お邪魔します」と言って室内に入る。キッチンに食材を並べながら、

「すぐ作るので、待っていてくださいね」

と、家主に声をかけた。

私はエプロンを着け袖をまくると、まずは米を研ぎ、炊飯器に早炊きでセットし

た。

米を炊く間に、おかずを作る。考えてきたメニューは、キャベツと青シソを豚バラで巻いて電子レンジで火を通し、梅ポン酢をかけて食べるキャベツの豚バラ巻き。明太子のあんかけ出汁巻きに、胡瓜と人参のスティックサラダ。オクラのお味噌汁。

手際良くパパッと調理し、出来上がったおかずを、誉さんが待つ和室のローテーブルに運んでいると、炊飯器がピーッと音を立てた。米も炊きあがったようだ。ご飯を茶碗によそい、これもまたローテーブルに持って行く。

料理が揃うと、誉さんが手を伸ばして、冷蔵庫の中から缶ビールを取り出した。私は自分の分のお茶を用意し、ビール用のグラスを出すと、誉さんの向かい側に座った。

「美味そうだな」

「手抜き料理です。すみません」

ありあわせで作った簡単な料理ばかりなので、申し訳なく思っていると、

「謙遜するな」

誉さんはそう言って「いただきます」と手を合わせた。キャベツの豚バラ巻きを箸でつまみ、口に運ぶ。

「うん、美味い」

（良かった……！）

ほっとしていると、

「あんた、料理上手だな」

口元に料理を運んでいた誉さんが褒めてくれた。

「ありがとうございます」

嬉しい気持ちでお礼を言った後、私も「いただきます」と手を合わせ、箸を取った。

ご飯を食べながら、

「そういえば、誉さんはいつからバイクに乗っているんですか？」

何気なく尋ねてみると、

「二十の時からだな。最初はビッグスクーターに乗っていた」

との答えが返ってきた。

「へえ……」

ビッグスクーターという種類のバイクがよく分からなかったので、曖昧に相槌を打つ。

「あれは『Ninja』に比べて、格段にタンデムもしやすいんだ。あれなら、あんたも楽に乗れただろうな」

誉さんは懐かしそうな表情を浮かべている。遠くを見るようなまなざしが気になり、

「誰かを乗せたことがあるんですか？」

と聞いてみると、

「ああ。まあな」

誉さんは深くは語らず、さらりと私の質問を受け流した。

（やっぱり、女の人とタンデムしていたのかな？）

誉さんが女物のジャケットを持っていることを思い出し、そう推測する。

（恋人かな？　でも、今の誉さんを見ていると、恋人がいたと言われても信じられないかも）

相変わらず無精ひげの生えているだらしない彼を見て、くすりと笑う。私が笑っていることに気が付いた誉さんが、

「ん？　どうした？」

とこちらを向いたので、私は急いで笑いを引っ込めると、

「なんでもありません」

と澄ました顔をした。

＊

誉さんが骨折をして数日後。今日は『Cafe Path』の定休日。私と誉さんは、颯手さんの運転する車に乗って、京都御苑に向かっていた。

「これから行く護王神社《ごおうじんじゃ》って、どんな御利益があるんですか？」

私は後部座席から、バックミラーに映る颯手さんの目を見た。

「足腰の健康や病気、怪我の回復に御利益のある神社やで。今の誉にぴったりやろ」

颯手さんは横目で助手席の誉さんを見て、悪戯っぽく笑う。

「護王神社の御祭神は和気清麻呂《わけのきよまろ》公やねん。和気清麻呂て、愛莉さんは知ってはる？」

日本史の教科書に載っていた覚えがあったので、

「なんとなく……」

と答えると、

「桓武《かんむ》天皇に平安京への遷都を進言した人やで。ほんで、和気清麻呂公が足腰の神様て言われてる由来があるんよ。奈良時代に権力を持っていた弓削道鏡《ゆげのどうきょう》ていうお坊さんが、『自分が天皇に相応しいて神託があった』て言い出した時、清麻呂公は宇佐八幡《うさはちまん》の神様に尋ねて、それが嘘の神託やってことを確かめはった。それを天皇に報告したんやけど、道鏡がめっちゃ怒って、清麻呂公の足の腱を切って、流罪にしてしまってん。しかもその道中を狙って、刺客まで放った。足が動かへんのに、清麻呂公は『神様にお礼を言おう』て、宇佐八幡に立ち寄ったんやけど、そしたらどこからか三百頭のいのししが現れて、清麻呂公を道鏡の刺客から守ってくれたんやって。しかも、清麻呂公の足はいつの間にか治っててん。この故事から、護王神社は足腰の御利益があるて言われてるねん」

颯手さんが詳しく教えてくれた。

「境内は狛いのししを始め、いのししだらけなんやで」

狛ねずみに狛うさぎ、狛いのししまで存在するなんて、京都の神社の神使は、バラエティに富んでいると感心してしまう。

窓の外を眺めていると、京都御苑の西側に護王神社が現れた。神社の横の駐車場が空いていたので、車を停め、外に降りる。松葉杖をついて車から降りた誉さんに、

「歩けますか？　大丈夫ですか？」

と声をかけると、

「平気だ。というか、アパートでもうろうろしてるだろうが」

とぶっきらぼうな返事が返ってきた。

誉さんに合わせゆっくりと歩きながら鳥居の前に来ると、早速一対の狛いのししの像が神域を守っていた。

「確かにいのししがいますね」

躍動感のある立派な狛いのししの姿に見入っていると、

「中にもぎょうさんいるで」

颯手さんが鳥居の前で一礼し、先に境内に入って行った。私と誉さんも同じように一礼し、颯手さんの後に続く。

すると拝殿の前にも、体に丸みのある可愛らしい狛いのししの姿があり、手水舎の中では、凛々しいいのししが口から水を出していた。この神社は、本当にいのししだらけのようだ。

手水で身を清めた後、私たちは、中門の前に移動し、本殿に向かって手を合わせた。

(誉さんのケガが早く良くなりますように……)

お祈りが終わって、ふと横を見ると、中門の前に立つ御神木の根元に、紙垂の付いた串がたくさん刺さっていた。串には何か小さな紙が挟まっている。

「……?」

私が不思議な顔をしているのに気が付いたのか、誉さんが、

「あれは座立亥串《くらたていぐし》だ。あの串に願いごとを書いて、御神木の根元の願かけ猪の前に刺すと、願いごとが叶うと言われている、護王神社の特別な信仰だ」

と教えてくれた。

「誉、早うケガが治るよう、やっときよし」

颯手さんがそう勧めたが、

「ケガなんて自然と治る」

誉さんはあっさりと首を振った。

「なら、私がお願いします」

祈願に積極的ではない誉さんを見て、私が張り切って申し出ると、

「はっ？　霊験で怪我は治らないぞ。止めておけ」

誉さんは私を引き止めた。けれど、私は急いで授与所に向かい、

「座立亥串をお願いします」

と若い巫女に声をかけた。

「はい」

巫女は袋に入った座立亥串のセットを私に手渡すと、

「この串は二本あります。一本には名前と願いごとを書いて御神木の根元に刺し、もう一本は家にお持ち帰りいただき、神棚にお祀りしてください。記入台はあちらで

す」

と説明をしてくれる。

(神棚か……。どうしよう、神棚なんて、私の部屋にはない)

困っている私に気が付いたのか、巫女は、

「居間や玄関など、ご家族の目に留まるところでもいいですよ。目線よりも高い位置にお祀りしてくださいね」

と言い添えてくれた。

「分かりました。ありがとうございます」

私は巫女にお礼を言った後、記入台に向かい、袋の中から座立亥串を一本取り出した。串の先には、願いごとを記入する紙だけでなく、いのししの形をした紙も挟まれている。いのししの紙は折り紙に似ていて可愛らしい。

ペンを取ると、私は願い紙に「水無月愛莉」と名前を書き、「神谷誉さんのケガが早く良くなりますように」と記入した。

「お待たせしました」

中門前で待つ二人のところへ戻り、御神木へと歩み寄る。しゃがんで、御神木の根元のいのしし像の前に自分の串をしっかりと刺し、手を合わせた。

「これでよしっ」

願をかけて立ち上がり、振り返ると、やれやれといった様子の誉さんと目が合った。

「きっとこれで早く治りますね」

「だといいがな」

「愛莉さんが祈願してくれたことやし、誉の足もすぐに良うなるで。ほな帰ろか」

颯手さんが笑顔で私たちを促す。

拝殿の横を通って鳥居に向かって歩いていると、中年男性と、若い女性が連れ立って境内に入って来るのが見えた。男性は杖をついていて、どうやら足が悪いようだ。女性の方は長い黒髪で、和美人といった風情の人だった。彼女を見て「立てば芍薬《しゃくやく》、座れば牡丹、歩く姿は百合の花」という言葉が浮かんだ。

女性は気遣うように男性に寄り添っている。親子という雰囲気ではない。

どういう関係なのだろうと気になり、本殿に向かってゆっくりと歩いて行く彼らの姿を何となく目で追っていると、隣を歩いていた誉さんが急に足を止めた。

「誉さん？」

どうしたのだろうと思い彼の顔を見上げると、誉さんも拝殿の反対側を歩く女性をじっと見つめている。

（あの人が美人だから見ているのかな？）

「誉さんも美人に見惚れるんだ」と意外に思い、私は改めて彼女に視線を向けた。すると、私たちが見ていることに気が付いたのか、女性が不意にこちらを向いた。

（あっ、目が合った）

不躾にじろじろと見て、気を悪くさせたかもしれない。驚いた顔をした女性を見て、私はばつが悪くなり、慌てて視線を反らした。

「誉さん、行きましょう」

まだ女性を見つめている誉さんの袖を引き、急かす。

「あ……ああ。そうだな」

誉さんは我に返ったように私を見下ろすと、再び歩き出した。鳥居を潜っていく誉さんの後を追って、私も鳥居を潜る。

その際、何気なくもう一度女性の方に視線を向けると、彼女はどこか切ない表情で、まだ私たちのことを見つめていた。

＊

誉さんが骨折をしてから、私は毎日、彼の部屋に通って、晩ご飯を作るようになった。

今日も仕事が終わった後、スーパーに立ち寄って食材を買い、アパートに戻ると、誉さんが部屋から廊下に出て来るのが見えた。

階段を上る私の足音に気付いた誉さんは、こちらを向くと、

「お帰り」

と言った。タバコを吸うつもりで部屋から出てきたのか、私に声をかけた後、手に持った箱から一本取り出そうとして、思い留まったように押し込んだ。

「ふぅ」

溜息をつき、箱をヨレヨレのシャツのポケットにしまう。

「今日は吸わないんですか？」

「病院の都合で主治医が変わったんだ。そいつが口うるさくてな。早く骨折を治したいんだったら、タバコを止めろだとか、栄養バランスの整った食事をしろだとか、言って来やがる」

苦々しい顔をしている誉さんに、

「いいことじゃないですか」

私は笑いかけた。もしかすると神様が、誉さんのケガが早く治るよう、そのお医者様にご縁を結んでくださったのかもしれない。

「じゃあ、私、頑張って栄養バランスのいいご飯を作りますね」

私はガッツポーズを取ると、誉さんの部屋のドアノブに手を伸ばした。

「お邪魔します」

もうすっかり通い慣れた彼の部屋に、勝手に上がり込む。

早速キッチンに立ち、スーパーのビニール袋から食材を取り出して、調理台の上に並べた。今日は豚の生姜焼きの予定だ。

米を炊飯器にセットした後、生姜の皮を剥いてすり下ろし、生姜焼きの下準備を始めていると、不意にスマホの音が鳴った。私の電話だろうかと思って荷物を振り返ると、パソコンの前で仕事をしながら、晩ご飯ができるのを待っていた誉さんが、

「もしもし」

と言ってスマホを耳に当てていた。どうやら電話がかかってきたのは、誉さんだったようだ。

私は再び調理台に向かい、生姜をすり始めたが、

「――花蓮《かれん》？」

誉さんの囁くような声を耳に留め、思わず手を止めた。

「ああ、久しぶりだな」

誉さんは電話口に向かって喋りながら腰を上げると、玄関まで来て靴を引っかけ、そのまま外に出て行った。まるで、相手との会話を私に聞かせたくないかのようだっ

た。

「『花蓮』……？」

どう考えても女性の名前だ。

（久しぶり、ってことは、昔の知り合い？）

東京時代の知り合いだろうかと思ったが、誉さんの様子を見ると、ただの知り合いとも思えない。

（昔の恋人……とかだったりして）

前に「誉さんに恋人がいたと言われても信じられない」などと考えていたことを思い出し、何故か複雑な気持ちになった。

（あれ？　なんでショック受けたみたいになってるの、私？）

「うーん？」と頭を悩ませた後、意外だからびっくりしたんだろうと思い至り、私は気を取り直すと、再び生姜をすり始めた。

翌日、私は仕事中、気が付けば『花蓮さん』のことばかりを考えていた。

（昨日は、何となく『花蓮さん』について、聞くことができない雰囲気だったな。やっぱり、誉さんの元彼女なのかな）

何だか妙に気になってしまう。

仕事が終わると、私は、いつもどおりスーパーに寄ってから、アパートに戻った。

すると、

（あれ？　誉さんだ）

珍しく、神様に祈禱する時のようにこざっぱりとした格好をしている誉さんが階段から下りて来て、私の姿に気が付くと、

「あんた、今帰って来たのか」

と声をかけてきた。

「はい」

誉さんは私が手に下げたスーパーの袋に目を向け、

「悪い。用があってな。今から出かけるところなんだ。だから今日の晩飯はいい」

申し訳なさそうな表情を浮かべた。

「どこかに出かけるんですか？　あ、もしかして、拝み屋の仕事ですか？」

「知人と会う」

（知人？）

誰だろうと考え、すぐに『花蓮さん』という名前が浮かんだ。

「行ってらっしゃい」

「おう」

鹿ヶ谷通を歩いて行く大きな背中を見送りながら、

（今日のご飯、どうしよう）

私は、スーパーの袋の中に入っているハンバーグの材料のことを思った。

（せっかく、買って来たんだけどな……）

急に寂しい気持ちになり、私は小さく溜息をつくと、自分の部屋へと向かった。

＊

誉さんが夜に出かけて行った日から、私はますます『花蓮さん』のことが気になるようになった。

（どうしてこんなに気になるんだろう。最近の誉さんが、いつもと違う雰囲気だからかな）

『Cafe Path』での仕事中、テーブルを拭きながら、思わず、

「『花蓮さん』って何者なんだろう……」

と独り言が漏れた。私の声が聞こえたのか、隣のテーブルのペーパーナプキンを補充していた颯手さんが、

「愛莉さん、その名前、どこで聞いたん？」

と、驚いた様子で問いかけてきた。

「えっ？　颯手さん、『花蓮さん』のことを知っているんですか？」

目を丸くして問い返すと、颯手さんは一瞬躊躇した後、

「……花蓮さんは、誉が東京にいた時の恋人や」

と答えた。

（やっぱり、そうだったんだ……）

予想通りの相手だったことを知って、私は何故か落ち込んだ。

「この間誉さんに、その『花蓮』って言う方から電話がかかってきたんです。それから何だか、誉さんの様子が変だなって思って……少し心配で」

颯手さんにそう教えると、颯手さんはふっと視線を落とし、

「そうなんや。花蓮さんから連絡きたんや……」

と静かな声でつぶやいた。複雑そうな颯手さんの反応が気になり、

「花蓮さんってどんな方だったんですか？」

おずおずと尋ねる。颯手さんは、私に話すかどうするか考え込むような様子を見せた後、

「僕は会うたことはないんやけど、花蓮さんは気持ちが優しくて真面目な子やったって聞いた。ほんでな……誉の頬の傷、あれをつけたんは花蓮さんやねん」

と教えてくれた。

予想もしていなかった言葉が飛び出し、私は息を飲んだ。ショックを受け、何も言えないでいる私を見て、颯手さんは「驚かせてかんにん。言わへんかったら良かったね」と申し訳なさそうに謝った。

「――どうして、そんなことに……？」

それ以上、聞いてはいけないことのように感じながらも、気が付けば、私は颯手さんに、話の続きを促していた。私はよほどつらい表情をしていたのかもしれない。

颯手さんは私に優しい微笑みを向けると、

「花蓮さんは誉が通ってた大学の後輩やねん。誉は学生時代から漫画を描いていたし、花蓮さんも漫画が好きやったから、意気投合したんやって。それで付き合うようになったらしいで。――ああ、この話は、誉が京都に帰って来て間なしの頃、酔い潰して聞いた話なんやけど」

と話し出した。

「学生時代は、二人は仲睦まじかったみたいやけど、花蓮さんが大学を卒業して就職しはってから、上手くいかへんようになった。彼女が就職しはったんは、いわゆるブラック企業やってん。花蓮さんは無理をして働いて、鬱病になってしまわはった。リストカットも繰り返すようになって……。誉はそばで一生懸命支えようとしてたけど、ある日『死ぬ』言うて刃物を持ち出した花蓮さんを止めようとして、頬に傷をつけてしまってん」

私は目を見開いた。誉さんの頬の傷に、そんな悲しい過去があったなんて、思いもしなかった。

「花蓮さんは、自分が恋人を傷つけてしまったことを後悔しはったんやろね。誉に別れを告げて、会社も辞めて、郷里に帰って行かはった。その後、誉は京都に戻って来てん。東京にいるのが、つらかったんかもしれへんね」

黙り込んでいる私に、颯手さんは優しいまなざしを向けると、

「愛莉さんは、誉のことが気になるん?」

ごく自然に問いかけた。

「気に……なります。心配です」

花蓮さんが去って行った時の誉さんは、どんな気持ちだったんだろう。それを想像すると、胸がぎゅっと痛くなり、目頭が熱くなった。堪え切れずに、ぽろりと涙を零した私の手に、颯手さんがハンカチを握らせてくれた。

＊

颯手さんから誉さんの過去を聞いてから、数日が過ぎた。私は変わらず毎日誉さんに晩ご飯を作っていたが、もう花蓮さんのことは聞くまいと思っていた。

そんなある日のこと。仕事を終えアパートに帰ると、私の部屋の前に着物姿の上品な老夫婦が佇んでいた。

最初は「もしかして他の部屋に新しく引っ越して来た人が挨拶に来たのかな」と思ったが、すぐに「そうではない」と気が付いた。

「こんばんは」

老婦人が私の顔を見ると、柔らかな声で挨拶をした。

「お主が水無月愛莉じゃな」

老紳士がかぶっていた帽子を取り上げ、唇の端を上げる。

「はい、そうです」

私は二人の元へ歩み寄りながら、頷いた。

（この方たちは、人ではない）

「お主には、もう分かっているようじゃな」

老紳士の問いかけに、

「神使……ですよね」

と答えると、

「ご明察。護王神社の狛いのししじゃ」

彼は愉快そうに頷いた。

神使が訪ねて来たということは、今までの経験から察するに、誉さんに何か頼みごとをしに来たのだろうかと考え、私は、

「誉さんの部屋なら隣ですよ」

と二人に教えた。

すると、老婦人が微笑みながら、

「わたくしたちは、あなたにお願いごとを頼みたくて、ここに来たの」

と首を振った。

「えっ？　私に？」

思わず自分の顔を指さし、声を上げると、

「お主に、とある女子《おなご》の悩みを取り払ってもらいたいのじゃ」

老紳士はそう言って、脱いだ帽子を胸の前に当てた。

「その方はどういった方なんですか？」

私にできることがあるのだろうかと思いながらも、とりあえず尋ねてみると、

「三船花蓮《みふね》という女子じゃ」

老紳士から思いがけない名前を聞き、息を飲んだ。

「三船花蓮は、来月、我が公の社で、婚姻の議を挙げることになっておる。夫になる男は、渡部喜朗《わたべよしろう》といって、我が公の崇敬会《すうけいかい》の会員じゃ」

「崇敬会？」

聞いたことのない言葉が出てきて、私は思わず老紳士の話の腰を折ってしまった。

老紳士は「おや」という顔をした後、

「崇敬会が分からんか。護王神社は氏子を持ってはおらんのだよ。代わりに、個人的な信仰で我らが神社を崇敬する者の組織で支えられておる。簡単に言うと、ファンクラブというやつじゃな」

「へぇえ……」

そんな組織があることを知らなかったので、私は新鮮な気持ちで老紳士の話を聞いた。

「さて、少し逸れたが、三船花蓮と渡部喜朗の話に戻るぞ。公は、ふたりの縁を取り持つことを、とても喜んでおられたのじゃが、今になって、三船花蓮は何やら思い悩んでいるようでの。公は情の厚いお方。この縁が途切れ、渡部喜朗が悲しむ様は見た

くないと仰られてな……」

「こちらは花蓮殿とご縁があるようでしたので、お訪ねしましたの」

老紳士の言葉を引き継ぐように、老婦人が続ける。

「太くも、か細くもあるご縁です。そのご縁が、花蓮殿を迷わせているようです」

そのご縁というのは、誉さんとのことを指すのだろうか。

ならば余計に、誉さんのところへ頼みに行くべきではないのだろうか。

私は困惑し、老夫婦に、

「どうして私にそれを頼みに来たのですか？」

と尋ねた。

すると老夫婦は顔を見合わせた後、

「お主が適任じゃと思ったのでな」

「花蓮殿にお心を決めさせるのは、きっとあなただと思ったのです」

口々にそう言った。

(それは、買い被りじゃないだろうか)

私は花蓮さんと面識があるわけではないし、誉さんとはただの友人だ。二人の関係に首を突っ込む資格はないし、自分に何ができるとも思えない。

「無理です」と口を開きかけた時には、既に、

「頼んだぞ」

「お願いしますね」

その言葉だけを残して、老夫婦の姿が消えていた。

私は途方に暮れて、しばらくの間、その場に立ち尽くしていた。

＊

狛いのししが私を訪ねて来てから、数日が経った。神使からの頼まれごとに対して、何も行動をしていない自分に後ろめたさを感じ始めた頃、仕事から帰ると、誉さんの部屋の前に、一人の女性が立っていた。

長い黒髪の二十代半ばと思しき綺麗な女性だ。

（あれっ？　あの人、前に護王神社ですれ違った人だ）

印象に残っていたので、すぐに分かった。けれど、どうしてその人が、誉さんの部屋の前にいるのだろう。

階段を上って行くと、私の気配に気付いた女性がパッと振り向いた。そして、私の顔を見るなり落胆した表情を浮かべた。

その顔を見て、ピンとくる。

（この人が、花蓮さんなんだ）

「こんばんは」

私は女性に近付くと、会釈をした。

「……こんばんは」

女性は、この人は誰だろうという顔で、小首を傾げている。

「誉さんなら留守ですよ。用事で出かけるって言っていましたから」

誉さんは今日、拝み屋の仕事で留守にしている。

「そう、なんですね……」

私の言葉を聞いて女性はうな垂れると、扉から離れた。そして、名残惜しそうに扉を見つめた後、階段へと足を向けた。

帰りかけた女性を、

「あのっ、三船花蓮さん、ですよね？」

私は思い切って呼び止めた。

「えっ」

女性はびっくりしたように振り返ると、足を止め、

「そうですけど……」

と戸惑いがちに頷いた。

「何故、私の名前を？」

「ええと、それは……」

狛いのししから聞いた、などと言っても信じてはもらえないだろう。仕方がないので、

「誉さんから聞きました」

と私は嘘をついた。花蓮さんは私の返事を聞いて誤解したのか、

「もしかして、あなたは誉の……」

と複雑な表情を浮かべたので、

「あっ！　ただの隣人ですよ！」

私は慌てて、花蓮さんの誤解を否定した。

「今日は誉さんに用事があったんですか？」

そう尋ねると、花蓮さんは迷うように瞳を揺らした後、こくりと頷いた。

「なら、私の部屋で待ちますか？」

「いいんですか？」

「はい、いいですよ」

寂しそうな花蓮さんをこのまま放っておけないという思いに駆られ、私は部屋の扉を開け、彼女を招き入れた。

「どうぞ、上がってください」

「お邪魔します」

おずおずと入って来た花蓮さんに座布団を勧め、お茶を入れるためにキッチンに向かう。

(誉さんの元彼女を部屋に招くことになるなんて、思っていなかったな)

私は緑茶を入れると、ローテーブルの前で正座をしている花蓮さんに持って行った。

花蓮さんの向かい側に腰を下ろしながら、

「誉さんはもうすぐ帰って来ると思いますよ。夜には戻るようなことを言っていました」

と教えると、花蓮さんは少しほっとしたような顔をして「そうですか」と言った。けれど、それ以上は何も言わず黙り込んでしまったので、

(どうしよう……間が持たない)

私は彼女にどう接していいのか分からず困ってしまった。会話の糸口を探そうと視線をさ迷わせていたら、ふと、花蓮さんの左手の薬指にはめられた指輪が目に入った。

「ご婚約中だって聞きました」

話題に困ってそう声をかけると、花蓮さんは、

「誉に聞いたんですか？」

パッと私の方を向いた。

「ええと、まあ、そんなところです」

これも本当は神使に聞いたことなのだが、そうとは言えないため、曖昧に頷く。

「誉は……他に何か言っていましたか？」

どこか不安げな瞳で尋ねて来た花蓮さんに、私は思い切って、

「ご結婚に悩んでおられると聞きました」

と言った。そして間髪を入れず、

「どうしてなんですか？」

と問いかける。花蓮さんは私の質問に驚いた表情を浮かべたが、少し躊躇った後、

「相手の方とは知人の紹介で知り合ったんです。彼が私を気に入って下さって、お付き合いをするようになりました。それで今度結婚をすることになったんですが……実は、彼は私より二回り年が離れているんです。足も悪くていらっしゃって……」

と答えて、目を伏せた。

「もしかして、不安なんですか？」

相手の男性と年齢が離れていることや、障害があることが不安なのかと思い尋ねて

みると、花蓮さんはこくりと頷いた。

「彼のことは好きです。でも、結婚式が迫ってきた今になって『年齢が離れていても上手くやっていけるのか』とか『障害がある彼を支えていけるのか』とか、色々と考えてしまって。そんな時に、思いがけず誉に再会したんです。誉は全然変わってなかった。昔のまま優しくて……。でも彼は、私とはもう会わないって言ったんです。でもどうしてももう一度会いたくて………」

か細く消えてしまった彼女の語尾の中に、誉さんへの思いを感じ取って、私は切なくなった。

結婚間際になって昔好きだった男性と再会するなんて――しかも、好きだったのに別れてしまった相手だ――それは、どんな気持ちなのだろう。

（きっと複雑だよね……。花蓮さんは今でも誉さんのことが好きなんだ）

花蓮さんの気持ちを思うと、自分のことのようにやりきれなくなる。

（この人はずっと誉さんのことが好きだったんだ。なら、会わせてあげなきゃ。でも……）

花蓮さんは誉さんと会って、一体何を言うつもりなのだろう。婚約者と別れて、よりを戻したいと言うのだろうか。

誉さんはそれを受け入れるのだろうか。

あれこれと考えているると、胸が苦しくなってきて、

「どこかご気分でも？」

心配そうに私を見つめる花蓮さんの声で、ハッと我に返った。

「あっ……すみません。大丈夫です」

（境界線を引かなきゃ。私と花蓮さんは違う人間なんだから、心を寄せ過ぎたらダメだ。花蓮さんの問題は花蓮さんのものであって、私のものじゃない）

いつかの誉さんの言葉を思い出し、私は強く自分に言い聞かせた。

すると、その時、誰かが廊下を歩いて来る足音が聞こえた。はっとしたように花蓮さんが顔を上げる。

「誉さんが帰って来たみたいですね」

私の言葉よりも早く花蓮さんは立ち上がると、玄関に向かい、靴を履いた。扉を開けて出て行った彼女の後を追って、私も外に出る。

やはり足音の主は誉さんだった。彼は私の部屋から姿を現した花蓮さんを見て、目を丸くしている。

「花蓮？　どうして愛莉の部屋に？」

「誉、私……やっぱり、誉のことが………」

思いが溢れたように涙声になった花蓮さんは、きっと誉さんに告白をしようとした

のだと思う。けれど誉さんは、片手をあげて、彼女がその言葉を口にするのを制した。

「――もしお前が、まだ俺に心を寄せていると言うのなら、それは愛情じゃなく罪悪感だよ。花蓮」

「……！」

花蓮さんが息を飲む音が聞こえた。

彼女は俯いて唇を噛むと、泣き出しそうな顔で誉さんの横をすり抜け、階段を駆け下りて行った。

「誉さん、あんな言い方ないです……！」

私は、思わず誉さんに食ってかかった。私が拒絶されたみたいに、胸が苦しい。すると、誉さんは私の顔を見て、怪訝な表情を浮かべ、

「どうしてあんたがそんなに怒ってるんだ？」

と低い声で問いかけた。

「だって、花蓮さんが可哀想じゃないですか……！」

「いいんだよ。あれぐらい言っておいた方が。――あいつはこれから幸せになるんだからな」

「誉さん……」

（誉さんは、それでいいんですか……？）

私は花蓮さんの気持ちと誉さんの気持ちを思い、心の中が切なさで溢れ返りそうになりながら、ただ彼の名前を呼ぶことしかできなかった。

その夜、私は暗い部屋のベッドの中で何度も寝返りを打ちながら、花蓮さんのことを考えていた。

誉さんに厳しい一言を浴びせられて、彼女は今どんな気持ちでいるのだろうか。このまま結婚して、幸せになれるのだろうか。

ふと、誰かの視線を感じて、私はベッドから起き上がった。

「……狛いのししさん。聞きたいことがあるんです」

宙に向かって話しかけると、ぽうっと明かりが灯り、その光の中に老紳士の姿が現れた。

「なかなかの修羅場じゃったようじゃの」

どこか面白そうに言った老紳士に、

「笑いごとではありませんよ」

私は溜息をついた。

「分かっとるよ。人の気持ちとは、とかく難しいものじゃな。さて、お主が聞きたいのは、渡部喜朗の住まいじゃろ？」

「はい」

短く頷く。すると、老紳士はすらすらと住所を述べた。

以前、狛うさぎが香奈枝さんの家の住所を知っていたように、狛いのししも、崇敬会の会員である渡部喜朗さんの家の住所を知っていると思ったのだ。

「引き続き、頼みますぞ」

そう言い残して、現れた時と同様、ふっと姿を消した老紳士に、

「できるだけ、頑張ってみます」

私は頼りなく返事をした。

＊

「『渡部』……ここだ」

私は以前、誉さん、颯手さんと訪れた護王神社の近くの、一軒の立派な民家の前に立っていた。

（ええと、今日の私は花蓮さんの大学の同級生……）

心の中で、今日の自分の設定を反芻《はんすう》した後、私は思い切って渡部家のチャイムを鳴

らした。少し待っていると、がらりと玄関の扉が開き、

「はい。どちら様？」

杖をついた穏やかな雰囲気の男性が顔を出した。花蓮さんより二回り上だというこ
とは、五十歳前後だと思うのだが、すっきりとした体形で、紳士然とした魅力的な人
だ。突然訪ねて来た私を見て、誰だろうというように首を傾げている。

「あのっ、私、花蓮さんの大学時代の友人で、水無月愛莉と申します」

「花蓮の？」

私の嘘のプロフィールを疑う様子もなく、渡部さんはにこっと微笑み、

「花蓮は今、御所の横のホテルに泊まっていまして、ここにはいないんです。よろし
ければ、呼びましょうか？」

と言ったが、

「いいえ、今日は花蓮さんのことで、婚約者のあなたにお話があって来ました」

私は首を横に振った。

「私に？」

目を丸くした渡部さんに、

「はい。私、この間花蓮さんに会いまして……実はあなたとの結婚を悩んでいると打
ち明けられたんです」

と告げる。

「そう……なんですね」

　突然訪ねていきなりこんな話をしたら怪しまれても仕方がないと思っていたが、渡部さんは意外と落ち着いた声で相槌を打った。

「私は彼女とだいぶ年が離れていますからね。しかも足も悪いし。こんなオジサンと結婚すると思ったら、今になって嫌になっちゃったのかな?」

　渡部さんは冗談っぽく言って、ふふっと笑ったが、その目はとても寂しそうだった。

　私は急いで、

「でも、彼女、あなたのことが好きだって言っていました。ただ、不安なだけなんだと思います。マリッジブルーってやつです……! だから、彼女の不安を取り去ってあげたいんです」

　と早口で続ける。

「何か、彼女があなたのことが好きなんだって再認識できるようなもの……プレゼントや、思い出や、言葉はないですか?」

　花蓮さんと渡部さんの縁が切れてしまわないよう、私は必死だった。

　渡部さんは、一生懸命に提案してくる初対面の私のことを、きっと訝しんでいたと思う。

　けれど、顎に手を当て、しばらく考え込んだ後、

「強いて言うなら、プロポーズした時のことですかね」

と教えてくれた。

「そのお話、詳しく聞かせてください。お願いします」

　私は身を乗り出すと、渡部さんに頼み込んだ。


　私が渡部さんと話をした翌日。『Cafe Path』の十五時。

　いつもなら開店中の時間にもかかわらず、私は扉に「Close」の札を掛けた。店の中には客はおらず、ただ一人、固い顔をした花蓮さんが座っている。

「コーヒーをどうぞ」

　ホットコーヒーを入れた颯手さんが、花蓮さんの前にカップを置いた。

「ありがとうございます」

　花蓮さんは颯手さんに会釈をすると、テーブルの上の砂糖に手を伸ばした。一匙入れ、スプーンでかき混ぜる。けれどそれだけで、口を付けようとはしない。

「あの……今日はどうして私を呼んだのですか？」

　店の中に戻った私に、花蓮さんが問いかけた。

昨日、渡部さんと会った時、私は彼から花蓮さんの連絡先を教えてもらった。そして花蓮さんに電話をかけ、今日の十五時に『Cafe Path』に来てくださいとお願いをしたのだ。

「もう少し待ってください。そうしたらいらっしゃいますから」

私が笑顔を浮かべて言うと、花蓮さんは、

「えっ……誰が……？」

とつぶやき、目を見開いた。私は、彼女が誉さんが来ることを期待しているのだと気が付いたが、その質問には答えず、

「もう少しでいらっしゃいますから」

と言葉を重ねた。

するとガラス窓越しに外を見ていた颯手さんが、

「愛莉さん、来はったで」

と私に声をかけた。視線を向けると、『哲学の道』を、片手に杖をつき、紙袋を持って歩いて来る男性の姿が目に入った。彼はまっすぐに『Cafe Path』に近付いて来ると、窓越しに私たちの姿に気付き、会釈をした。

「喜朗さん……？」

花蓮さんが驚いたように瞬きをする。すぐにカランとドアベルの音が鳴り、渡部さ

んが店内へと入って来た。

「どうしてここへ？」

花蓮さんの座るテーブルまでやって来ると、渡部さんは不思議そうな顔をしている彼女を見下ろし、優しく微笑みかけた。

「花蓮。今日は君に伝えたいことがあって、この場をセッティングしてもらったんだ」

「伝えたいこと？」

渡部さんの改まった様子を見て、花蓮さんが不安そうな表情を浮かべる。

渡部さんは杖をテーブルに立てかけると、花蓮さんの向かい側の椅子に腰を下ろした。

颯手さんが渡部さんにもコーヒーを運んで来て、「どうぞ」とテーブルの上に置いた。渡部さんは「ありがとうございます」と言ってカップを持ち上げ、ブラックのまま一口飲み、すぐにカップをソーサーの上に戻した。そしてコーヒーを右手に押しやると、腕をテーブルの上に置いて、指を組んだ。どう言葉を紡いだらいいか悩むように、組んだ指を何度か動かした後、花蓮さんの目を見つめ、心を決めた様子で静かに話し始めた。

「花蓮、君と初めて会ったのは、知人の紹介だったね。あの時、君はあまり私のことに興味がなさそうだった」

渡部さんが話し出すと、花蓮さんはその時のことを思い出したのか、少し申し訳なさそうな顔をした。その顔を見て、渡部さんは微笑み、

「でも、私がお付き合いを申し込むと、受け入れてくれたね。その時の私は、天にも昇る気持ちだったんだ。君と色んな場所に行って、色んな話をして、私はどんどん君への気持ちが膨らんでいくことを感じていた。私は君と付き合ううち、年甲斐もなくこれ以上ないほどに恋に落ちていたよ」

きっと彼はロマンティストなのだろう。彼の言葉には愛情が溢れていて、私は聞いていて幸せな気持ちになった。

花蓮さんを見ると、彼女は静かに渡部さんの言葉に耳を傾けている。

「結婚を申し込み、君が頷いてくれた時は、私はとうとう天使を捕まえたんだって思った」

渡部さんはその時のことを思い出したのか、瞳を輝かせた。けれど、すぐに悲しそうに目を伏せると、

「でもこちらの愛莉さんから君が結婚に迷っているという話を聞いて……君が本当に私との結婚を不安に思うのなら、婚約を解消してもいいと思った」

苦しそうに続けた。

「……！」

花蓮さんが目を見開いて渡部さんを見た後、私を振り返った。「どうしてそんなことを言ったの？」と責めるようなまなざしで私を睨む。

「それでも、花蓮」

渡部さんは顔を上げると、もう一度花蓮さんの目を見つめ、

「私は君と結婚したい。君がこんなオジサンは嫌だと言っても。もう一度プロポーズさせてくれないか。――愛してる、花蓮。君が何を抱えていても、どんな君であっても、そのままの君を愛し、守ると誓う」

力強く宣言した。

渡部さんが紙袋からブーケを取り出した。赤いバラが四本。

「『死ぬまで君を愛する気持ちは変わらない』」

そう囁き、花蓮さんに差し出した。

――それは四本のバラの花言葉だ。

花蓮さんの目に涙が浮かんだ。

「ありがとう、喜朗さん……」

花蓮さんは、ぽろぽろと涙をこぼしながら、震える手でブーケを受け取ると、花に顔を埋めた。

「愛している」という言葉は、最上級の肯定だ。

鬱病に悩まされていた花蓮さん。過去に人を傷つけてしまい、後悔に苛まれている彼女を、渡部さんは丸ごと受け止め、大きな包容力で守っていくのだろう。

そしてそんな渡部さんのことを、やはり花蓮さんも愛しているのだ。

愛情を確認し合った二人の姿を見て、私と颯手さんは顔を見合わせると、にっこりと笑った。

＊

閉店間際の『Cafe Path』。今日の最後の客は誉さんだった。

のんびりとコーヒーを飲んでいる誉さんに、

「誉、ようやっとギプス取れて良かったやん」

颯手さんが、明るく声をかけた。

「やっと身軽になってせいせいしたぜ」

三週間近くギプスで足を固定されていた誉さんは、ようやく解放されたことに、やれやれと肩をすくめている。

「お疲れ様でした。今度、護王神社にお礼参りに行きましょう」

テーブルを拭いていた私は、手を止めると、誉さんに笑顔を向けた。すると、

「あんたにも迷惑かけたな。毎日、飯を作ってくれて助かった」

思いがけず誉さんから労いの言葉を貰い、驚いた。

「あんたの飯は美味かった」

「また、いつでも作りますよ。なんなら、これからも毎日作りましょうか？」

褒められたことが嬉しくて、そう提案すると、

「それは悪いから、たまにでいいぞ」

誉さんは苦笑して、私の申し出を断った。

不意に、ドアベルの音がカランと鳴り、店内に誰かが入って来た。客だろうかと思って振り向くと、そこにいたのは着物姿の老夫婦――狛いのししたちの姿だった。

「あっ、狛いのししさん！」

驚いて声を上げた私に、

「こんにちは」

老婦人が上品な笑顔を向けた。

「今日はお礼に参ったの」

「愛莉殿には世話になった」

老紳士も帽子を少し上げると、好々爺の笑みを浮かべた。

「世話？」

誉さんが怪訝な顔をしたので、私は慌てて、

「私が狛いのししさんの頼みごとを引き受けたんです。ちょっとした……本当に、簡単なことを」

と誤魔化した。

「神谷誉。足が治って何よりじゃの」

老紳士が面白そうな顔をする。

「やっぱり、和気清麻呂公の御力ですか？」

私が尋ねると、老婦人は、

「あなたの思いやりの力でもありますよ」

と言って、私の肩に優しく触れた。白くて綺麗な手から、ほんのりとあたたかな体温が伝わってくる。

（あ、神使って、あったかいんだ……）

感動していると、老夫婦は私たちに会釈をして、

「それではな」

「またお社に来てくださいね」

と言い残し、ふっと姿を消した。

「この店には、高貴なお人ばかりが訪ねて来はるね。光栄やわ」

狛いのししたちが去った後、颯手さんが嬉しそうに笑った。

誉さんの方に目を向けると、彼は狛いのししたちが消えた場所を無言で見つめていた。その姿を見て、私はふと「誉さんは本当は、狛いのししがアパートを訪ねて来たことに気が付いていたのかもしれない」と思った。アパートの壁は薄い。廊下の話し声は室内にいても聞こえてくる。

（もし気付いていたとしたら、誉さんはどうして私にそれを言わなかったの？　花蓮さんに関わりたくなかったから？　もしかすると……誉さんも花蓮さんに対して罪悪感を感じていたの？）

誉さんは優しい人だ。だから、鬱病の花蓮さんを支え切れなかったことを後悔していてもおかしくないと思った。

（誉さん、大丈夫ですか……？）

私は心の中で誉さんに問いかけた。

（私は、私を助けてくれた誉さんに恩返しをしたい）

誉さんが過去に傷ついているのなら、自己を肯定できずに苦しんでいた私を、彼が救ってくれたように、私も彼を救いたい。

そのために強くなりたいと、心から思った。

五章　貴船《きふね》神社の神馬

雨が降り続いている。

傘を差していても肩や腕がじんわりと濡れてきて、私は小さくくしゃみをした。日が落ちた後の秋の雨は冷たく、じっと立っていると、体が芯まで冷えてくる。

「愛莉さんは戻ってはったらええよ」

同じように傘を差し、私の隣に立つ颯手さんが、こちらを振り向いた。

「いいえ。私も祈禱を見届けます」

首を振ると、颯手さんは「そう」と言って、

「無理せんといてな。しんどなったら、先に宿に帰り」

と微笑んだ。

今、私たちは、京都の北に位置する貴船神社《きふねじんじゃ》、その奥宮《おくのみや》にいる。私と颯手さんは奥宮の神門のそばに立ち、境内の奥を見つめていた。

九月に入ってから一月近く、京都は雨模様が続いている。長雨で橋や河川敷が壊れたり、地盤の緩みで土砂崩れなども起こっていた。

「貴船神社の御祭神は高龗神《たかおかみのかみ》ていう水神や。古来から、天皇は、日照りの時は黒い馬

を、大雨の時は白い馬を奉納して祈雨止雨《きうしう》を祈ってきはった。余談やけど、段々、生きた馬から馬形の板を奉納するようになって、絵馬の元になったて言われてるねん。今回の異常気象で、貴船神社は止雨の祈禱をしはったらしいけど、効果なかったみたいやね」

颯手さんはそう説明し、境内の奥へと目を向けた。

見通しのいい奥宮は、最奥に本殿があり、手前に拝殿が建っている。

拝殿のそばには、船形石《ふながたいし》という、船の形の石積みがあった。黄船《きふね》という船で、大阪から川を遡りこの地にやって来た玉依姫命《たまよりひめのみこと》が、ここ奥宮に水神を祀ったのが、貴船神社の起源だと言われている。船形石は、黄船を人の目につかないよう小石で隠したものらしい。

壁のない拝殿越しに、誉さんの姿が見える。白いシャツを着て、長めの髪を一つに結んだ誉さんは、傘も差さずに本殿に向かって立っていた。

「だから誉さんに止雨の祈禱の依頼がきたんですか？」

「そうやねん。誉のお得意さんで、どっかのお偉いさんが『雨を止ませろ』って言うてきはったみたいや」

「なるほど……」

誉さんは今、神様に雨を止ませていただくための祝詞を唱えているはずだが、雨の音が大きくて、声は聞こえてこない。

私は、昼間、貴船神社の本宮《ほんぐう》で、誉さんの祈禱が上手くいくよう、絵馬を奉納した時のことを思い出した。絵馬掛所の横には、躍動感のある立派な白と黒の神馬像が建っていた。

神馬像の姿を心の中に思い描き、

（今回は止雨だから、白い馬だよね。どうか、雨が止みますように……）

とお願いした時、ざりっ、と砂を踏む足音が聞こえた。驚いて振り返ると、狩衣《かりぎぬ》を着た白髪の男性と、壺装束を着た黒髪の女性が、二人並んで神門の階段を上ってくるところだった。こんなに近付いて来るまで、私は全く二人の気配に気付かなかった。

最初は、レンタル着物を着た若夫婦の参拝者かと思ったが、すぐにそうではないと分かった。彼らは傘を差していなかったが、不思議とどこも濡れている様子がない。

私に釣られるように颯手さんも振り返り、目を見開いた。

男性と女性は私たちのそばまでやって来ると、足を止めた。女性が私の方を向き、にこっと微笑み、

「昼間、絵馬を掛けてくださいましたよね」

と優しい声で話しかけてきた。

「はい」

女性に向かって頷く。

「あなたのお願いを叶える手助けをしましょう。その代わり……」

女性の言葉は、雨の音にかき消されて、上手く聞き取れなかった。

「えっ？　何ですか？」

小首を傾げて問いかけると、狩衣姿の男性が私を一瞥し、滑るような動きで再び歩き出した。そのまま、誉さんの方へと向かって行く。

「あっ、あのっ！　今、誉さんは祈禱中で……」

私の制止の声が聞こえなかったのか、男性は足を止めることなく本殿まで近付き、誉さんの後ろで立ち止まった。誉さんは集中しているのか、背後の男性に気付いていないようだ。

一体、何をするつもりなのだろうと思いながら、様子を見守る。白髪の男性が、片手を空に向かって振った。すると――。

不意に雨雲が割れ、月が見えた。

「えっ？」

さっと差し込んだ月の光に驚く。けれど、次の瞬間、もっと明るく輝く、何か大きくて長いものが雲の隙間から現れた。それは、まっすぐに本殿の屋根に落ちてくると、吸い込まれるように消えていった。

「……！」

「こら凄いわ」

目を丸くした私の隣で、颯手さんが面白そうな声を上げた。

「今の……龍、でしたよね？」

信じられない気持ちで問いかけると、颯手さんは、

「そうやね。奥宮の本殿の下には、誰も見たらあかんて言われてる龍穴《りゅうけつ》が開いてるねん。もしかすると、長雨を降らせていた龍が、棲家に戻ったんかもしれへんね」

と答えた。

気が付くと、雨はいつの間にか止んでいた。差していた傘を傾け、手を伸ばす。名残のようにぽつりと水滴が手のひらに落ちてきたが、それ以上濡れることはなかった。

傘を閉じると、私は隣にいる女性に顔を向けた。

「ご協力、ありがとうございます……」

そうお礼を言おうとしたら、既に、壺装束を着た女性の姿は消えていた。

「いない……」

「もう一人のお人も帰らはったみたいやわ」

颯手さんの言葉通り、誉さんのそばにいた狩衣姿の男性も消えている。

「さっきのお二人、貴船神社の神馬ですよね」

颯手さんに確認するまでもなく、私はそう確信していた。先ほどの二人からは、見た目は人であるけれども決してそうではない、清らかなオーラのようなものが感じられた。

「そうやね。男性の方が白馬、女性の方が黒馬やろね。今回は止雨の祈禱やったから、白馬が協力してくれはったんやろ。愛莉さんが絵馬を奉納してくれはったおかげやね。愛莉さんは、ほんまに、神的なもんに好かれてはるなぁ」

颯手さんは、ふふっと笑った後、本殿の前にいる誉さんのところへ歩み寄って行った。

（黒馬さん、何か私に頼みごとがあるみたいだったな……。何だろう。上手く聞き取れなかったけど、また会えるかな。明日、もう一度、本宮へ行ってみよう）

私はそう考えながら、颯手さんの背中を追った。

＊

「誉、お疲れさん。乾杯」

「お疲れ様です」

貴船神社の本宮の近くにある宿に戻ると、私たちはまずはお風呂に入り、人心地付いた後、遅めの晩ご飯の席で、グラスを合わせ乾杯をした。

「ん」

誉さんは私たちの労いの言葉に短く応えると、ビールをグイっとあおった。そして、ふぅと息を吐いた。

「一仕事した後のビールは美味いな」

「ここ数日、潔斎してたから余計やろ？」

「ああ」

誉さんは今日の祈禱のために、酒絶ちをしていたらしい。

「祈禱、上手くいって良かったですね」

私は箸を手に取りながら、笑顔を向けた。私たちの目の前には、会席料理の八寸《はっすん》の皿が置かれている。鮎の甘露煮に、鱒寿司、鴨ロース肉、栗などの料理に食欲がそそられる。

「依頼主に面目が立って良かったぜ。報酬も入るし、しばらくは遊んで暮らせるな」

「遊んで暮らせるって……」

一体、今回の依頼主はどれほどの大物なのだろう。貴船《きぶね》の高級な宿の予約を取ってくれたのもその人だ。しかも、誉さんと颯手さんだけでなく、祈禱に関係ない私までご相伴に預かっている。どんな人なのか気にはなるが、誉さんに聞いても「守秘義務」と言われてしまうだけだろうなと思い、それ以上は突っ込まず、私は鴨ロース肉に箸を伸ばした。

「真面目に本業にも励みよし」

呆れた顔をしている颯手さんに、

「そっちはそっちで、ちゃんと描いてるぞ」

誉さんは「天職だからな。当たり前だろ」と言った。

「誉さんって、お札を書くだけじゃなくて、今回みたいな祈禱をしたり、あとは呪いを祓ったり、憑き物を落としたりもしてるんですよね？」

拝み屋家業についてあまり詳しく聞いたことがなかったので、いい機会だと思って尋ねてみると、

「そうだな、呪い祓いの依頼は結構多いぞ」

もうグラスを空けてしまった誉さんがビール瓶に手を伸ばした。手酌は寂しいかと思い、私は先にビール瓶を手に取ると、誉さんのグラスに御酌をした。

「例えば、どんな呪いがあるんですか？」

「話してもいいが、結構グロいのもあるぞ」

「えっ……」

「藁人形に釘を打つ丑の刻参りは定番中の定番だな。後は、生きた虫を百匹壺に入れて共食いさせて毒を作る方法や、犬を地面に埋めて飢餓状態にして……」

「わーっ、止めてください！　もういいです！」

軽い気持ちで聞いてみたら、身の毛もよだつような事例が返ってきて、私は誉さんの言葉を途中で遮った。犬の運命が気になって仕方がなかったが、それ以上聞くと、もっと怖い話に発展しそうな気がして、私は努めて気にしないようにした。

「誉、愛莉さんを怖がらせんとき。それに、食事時にする話やない」

私が自分の体を抱いて震えているのを見て、颯手さんが誉さんを軽く睨んで窘めた。

「僕らには日常的な話題でも、愛莉さんは違うんやから」

（日常……）

呪いの話題が日常だなんて、陰陽師の世界は物騒だと思う。けれど、颯手さんにそう言われて、二人が見る世界と、私が見る世界の違いに改めて気付き、ほんの少し寂しくなった。

神使が見えるようになってから、様々な不思議な出来事に遭遇した。けれど、私は見えるだけで他には何の力もないので、こういう時は、誉さん、颯手さんとの間に距離を感じてしまう。

「どうしたん、愛莉さん？　――ああ、ほら、誉がいらんこと言うから、愛莉さんが怖がってしもたやん！」

急に静かになった私を見て、颯手さんがますます誉さんを睨んだ。

「俺は質問に答えただけだが？」

「だ、大丈夫です！　ちょっとぼーっとしていただけですから！」

心外だという顔をした誉さんと、心配顔の颯手さんに、私は慌てて首を振ってみせた。

美味しく会席料理をいただいた後、私たちは男性陣の部屋に移動し、打ち上げを続けた。

お酒を飲み（私は下戸なのでジュースだったが）、お菓子を食べ、お喋りをしてダラダラと過ごしているうち、普段お酒に強い誉さんが珍しく寝落ちしてしまったので、解散になった。

（雨の中、祈禱をして、流石に疲れが出たのかな。強面の誉さんが、あんなに無防備な顔して寝ているの、初めて見た）

颯手さんと一緒に誉さんを布団まで引きずって行き、寝かせた時の顔を思い出して、くすりと笑う。

自分の部屋に戻り、歯を磨いた後、仲居さんが敷いておいてくれた布団に潜り込んだ。ただ見ていただけとはいえ、雨の中、長時間立っていたこともあり、私も疲れていたのか、すぐに眠気が襲ってきた。

すうっと眠りに引き込まれ――ふと、頬に触れる温かな手のひらの感触で目が覚めた。ぼんやりとした頭のまま目を開けると、眼前に美しい女性の黒い瞳があった。

「きゃっ！」

驚いて飛び起き、女性を見る。私を覗き込んでいた壺装束姿の女性は、止雨の祈禱の時に出会った女性だと、すぐに気が付いた。

「黒馬……さん？」

そうっと問いかけると、女性はにこりと微笑んで頷いた。

「あなたにお願いごとがあって参りました」

黒馬は私から体を離すと、畳の上に正座をして両手をついた。

「お助けくださいませ。我が神の神域の御神木を傷つける者がいるのです」

「御神木を傷つける？」

黒馬の言葉を繰り返すと、彼女は痛ましい表情で頷いた。

「我が神は心願成就の神故、古来より、そのような方法で願をかける者もおりました。けれど、神は、大切に育んでこられたこの地の樹木が傷つけられることを、悲しんでおられます。その地に赴いて、かの者を止めてくださいませ」

「ええと、よく分からないけど、行って止めればいいんですか？」

「はい。参りましょう」

すっと立ち上がった黒馬が、そのまま部屋を出て行こうとしたので、

「い、今から？」

私は驚いて布団から出た。浴衣の上に羽織を重ね、黒馬の後を追う。誉さんと颯手さんに声をかけたかったが、きっと二人は熟睡しているだろうと思い、躊躇した。その間に黒馬が宿を出て行ってしまったので、私は二人を起こすことを諦めて、急いで彼女の後を追った。

　宿の玄関から外に出た途端、夜の冷気が私の体を震わせた。浴衣の上に羽織一枚では寒かった。上着を取りに一旦部屋に戻りたい気持ちになったが、黒馬が先に歩いて行ってしまったので、私は仕方なくそのまま後を追った。

　祈禱から戻って来た時は点いていた本宮の春日燈籠《かすがどうろう》の明かりは消えていて、鳥居の向こうには暗闇が広がっていた。黒馬が進む道の先も、頼りない街灯が所々に灯っているだけで、私は怖々と彼女の後について行った。

（こ、怖い……！）

　道のそばを流れる貴船川の音が夜闇に響いている。

　結社《ゆいのやしろ》を通り過ぎ、奥宮が近付いて来た時、不意に川の音に交じってカーンカーンと

釘を打つような音が聞こえてきた。

(えっ？　な、何？)

不気味なその響きに足がすくんでしまったが、黒馬が私を振り返り、まなざしで促すので、足を止めることもできず、先へと進む。

奥宮の鳥居の手前に差しかかった時、気味の悪い、カーンという音がすぐ真横から聞こえ、私はびくっと体を震わせた。恐る恐る音のする方へ視線を向けると、御神木『相生《あいおい》の杉』の前に、誰か人が立っている。手を振り上げ、御神木に何かを打ち込んでいるようだ。

(……何をしているんだろう)

私は勇気を出してその人物に近付いて行くと、

「あ、あのう……すみません。そこで何を………」

と声をかけた。すると、その人物がぱっとこちらを振り返った。

(えっ？　宇宙人？)

一瞬そんなことを考えてしまったのは、その人物がヘルメットを被っていたからだ。体が細く頭が大きいシルエットは、昔何かで見た宇宙人のイラストに似ている。

顔が隠されているので、男性なのか女性なのか、はっきりとは分からなかったが、私は相手の小柄な身体つきを見て、きっとこの人は女性だと思った。

彼女は私の姿に気が付くと、ハッとしたように手に持っていたものを隠した。素早く身を翻《ひるがえ》し、道に停めてあったスクーターに跨ったので、

「あのっ、ちょっと待ってください！」

私は訳が分からないままに呼び止めた。けれどスクーターは私の横をヘッドライトも点けずに走り過ぎて行った。

呆然としていた私は、トントンと肩を叩かれて我に返った。見れば黒馬が私の肩に触れている。

「黒馬さん。さっきの人が、黒馬さんが言っていた人なんですか？」

そう尋ねてみると、黒馬は一度頷き、先ほど、謎の人物が何かを打ち付けていた御神木を指さした。近付いて、木を見上げてみる。すると、

(何これ……！)

私は、ひっと息を飲んだ。杉の木の幹には、藁で作られた人形が釘で打ち付けられていた。

朝になり、私は誉さんと颯手さんが起きた頃合いを見計らって、二人の部屋を訪ねた。

扉を叩くと、中から「はい」という声が聞こえ、すぐに颯手さんが顔を出した。

「おはようございます。朝からすみません」

「おはよう。愛莉さん。早うからどないしたん？」

もう既に浴衣から服に着替えている颯手さんの向こうで、まだ眠気が残っているのか、布団の中でダラダラとしている誉さんの姿が見える。

「朝食の後に話そうかと思ったんですけど、私一人で抱え込んでいるのが、何だか怖くて……」

「ほんなら、入り」

颯手さんは私を部屋に招き入れると、座布団を勧めた。「ありがとうございます」と言って腰を下ろす。

「何か怖い夢でも見たん？」

颯手さんは、小さな子供に話しかけるような口ぶりで、私に問いかけた。

「違います。……ああ、でも、似たようなものかも」

私は首を振りかけたが、途中で止めた。そして「実は……」と言って、夜中に黒馬に起こされ、御神木を傷つける者を止めて欲しいと頼まれたことを話した。

「夜中に一人で外に出たん？　危ないやん！　僕らを起こしてくれたら良かったのに」

颯手さんが目を丸くしたが、私は、

「すみません。黒馬さんの後を追うのが精いっぱいで」

　と苦笑いをした。

「それで、行ってみたら人がいて、御神木に何かを打ち付けていたんです。私の姿に気が付いて、スクーターで逃げて行ったんですけど……。その後、御神木を見てみたら、これが……」

　私はハンカチで包んで持って来た、夜中に回収したものをテーブルの上に置いた。ハンカチをめくって見せた途端、颯手さんの顔色が変わった。

「これが、御神木に打ち付けられてたって？　愛莉さん、これ取って来たん？」

「はい。何だか、そのままにしておいたらいけないような気がして、抜いて来ました」

「あかんで、こんなもんに触れたら……」

　額を押さえて息を吐いた颯手さんを見て、誉さんが布団から這い出てきた。乱れた浴衣を手早く整えながら、私たちのそばに歩み寄って来る。そして、テーブルの上の藁人形に視線を向けた後、私の目の前にしゃがみ込み、顔を覗き込んだ。

「気分は悪くないか？　あんたは境界線が薄いからな。こんな、邪悪な念の塊みたいなもんに触れたら影響を受ける」

　そう問われて、私は昨夜、この藁人形を抜いた時のことを思い出した。

これに触れた途端、言いようのないどす黒い思念が襲ってきて、私は眩暈がしてその場に座り込んでしまった。その念はあまりにも強過ぎて、何か叫んでいるようだったが、耳鳴りのように頭の中に反響して、よく聞き取れなかった。胸苦しさと吐き気で立ち上がれずにいると、黒馬が私の背中にそっと触れた。彼女が優しく背中をさすってくれると、次第に吐き気は収まってきて、再び立ち上がれるようになった。

これが悪いものだということを身をもって理解した私は、やはりそのまま残しておいてはいけないと、勇気を出して持って帰って来たのだ。

誉さんにそう話すと、

「なるほど。神使が念を祓ってくれたんだな」

と腕を組んだ。そして、

「あんた、無茶するぜ」

私の顔を見て、呆れたように吐息した。

「これってやっぱり……呪いの藁人形、ってやつですか？」

恐る恐る尋ねると、誉さんはしゃがんでいた姿勢をあぐらに変え、頷いた。

「謡曲に『鉄輪《かなわ》』という演目がある。都に住むある女が、夫が自分を捨てて別の女を妻に迎えたことを恨みに思い、報いを受けさせようと、毎夜、丑の刻に貴船に通って祈願をするんだ。すると、ある夜、貴船明神の神託を受けた神職から『頭に鉄輪を被り、その三本の足に火を灯し、顔に丹を塗り、身には赤い着物を纏って、怒る心を持てば願いが叶う』と告げられる。それを聞いた女は変貌する。女の夫は夢見が悪い日が続くので、陰陽師・安倍晴明《あべのせいめい》に相談に行った。すると、女の恨みをかっていることが分かったので、晴明に助けてくれるように頼んだ。晴明が、男と新妻の身代わりの藁人形を作って祈禱していると、鬼女へと変貌した女が現れ、藁人形を夫と新妻だと思って襲った。しかし晴明が呼び寄せた神々に責められ、力をなくして逃げて行く……という話だ」

頭に火の付いた鉄輪を被り、鬼に変化した女の容貌を想像して、背筋が寒くなった。

「平安時代の書物にも、貴船の神に祈って呪詛をする女性の姿が描かれている。古来、貴船の神は呪詛の神として名高かったんだ。もっとも、呪詛に藁人形を使う方法が取られるようになったのは、もっと後の時代だけどな」

「――と言われてるんやけど、本来、貴船明神は、丑年丑月丑日丑刻に降臨された国家安穏・万民守護の神様やってん。丑の刻参りは本来は呪詛やない。心願成就をお願いする参拝方法やってん」

颯手さんが誉さんの言葉を継いで、説明を続けた。

「呪いの藁人形の丑の刻参りだけが、有名になっちゃったんですね。それにしても、現代にも丑の刻参りをする人っているんですね」

昨夜のヘルメットの女性は、一体、何を恨みに思って、夜中にこんな山奥まで来たのだろうか。

「この藁人形で呪われていた人って……亡くなったりしていませんよね？」

「図らずも、私が途中で邪魔をした形になったわけだし」と思って誉さんの顔を見ると、

「丑の刻参りは、七日間、毎晩通って成就する。その間、人に姿を見られてはいけない。あんたが見つけて止めたから、恐らく大丈夫だろう」

という答えが返ってきた。

「それなら良かったです」

どこかの誰かの命を救えたと思い、ほっとして胸を撫で下ろす。

「呪われていたのって、どんな人だったんでしょう……」

ふと、もし呪われていた人の方に許されないほどの罪があり、呪われて当然の立場だったとしたら……と考え、私は急に気持ちが沈んだ。七日間も雨の中貴船まで通い、御神木に釘を打ち付けていたなんて、生半可な気持ちではできないに違いない。人を呪うのは悪いことだが、そうせざるを得ない理由があったのだとしたら、私は余計なことをしたのではないだろうか。

悶々と考え込んでいると、誉さんが、俯いた私の額を指で弾いた。

「痛っ」

額を押さえて誉さんを見ると、

「何て顔してるんだ。どんな事情があったって、人を呪っていい理由にはならない。あんたは正しいことをしたんだ」

優しい笑顔が返ってきて、すっと気持ちが軽くなった。

「そうやね。人を呪うのは良うないことや」

颯手さんも誉さんと同じ言葉を口にすると、藁人形を手に取った。刺さっていた釘を抜き、穴の開いたところから人形を割く。

「えっ？　颯手さん、何を……」

人形のお腹の部分を開いた颯手さんは、

「やっぱり、あったか」

と言って、折りたたまれた紙片を取り出した。颯手さんが、注意深くその紙片を開くと、中には一本の髪の毛が入っていた。紙には名前らしき文字が書かれている。

「……榎木田七菜《えのきだなな》？」

私は名前を読み上げた。珍しい名字だが、女性の名前だ。やはり、男女関係のもつれで、この『榎木田七菜さん』は呪われていたのだろうか。

「……榎木田？」

誉さんが、ぼそりとつぶやいた。誉さんに目を向けると、彼は難しい顔で、じっと紙片を見つめていた。

＊

貴船から帰って来て、一週間が過ぎた。

仕事からアパートに戻ると、二階の廊下でタバコを吸う誉さんの姿が見えた。外付けの階段から二階へと上がる私の足音に気付いたのか、誉さんがこちらを向いた。

「お帰り」

「ただいま帰りました。誉さん、もしかして、お仕事に行き詰っているんですか？」

誉さんは喫煙家だが、ヘビースモーカーではない。仕事の合間の休憩や、気が滅入っている時などに、気分転換に吸うぐらいなのだそうだ。

「今やってる連載が、また打ち切りになった」

「そうなんですね……」

落ち込んでいる誉さんを見ていたら、私まで落ち込んできて、暗い顔をしている

と、

「あんたが落ち込むことはないだろう？　俺の問題だ。気にするな。元気を出せ」

誉さんはそんな私を見て、逆に励ましてくれた。

「そういえば、私は誉さんの漫画を読んだことがなかったな」と思い、

「誉さんって、本名で描いているんですか？　ペンネームですか？」

と尋ねてみた。

「ペンネーム」

「教えてください！　私、今度、本屋さんで誉さんの漫画、買って来ます」

前のめりでお願いすると、誉さんは嫌そうな顔をした。

「知り合いに読まれるのは好きじゃない」

「何でですか」

ぷうっと頬を膨らませたら、誉さんは、小さな声で、「……気恥ずかしい」と言った。意外な答えにびっくりして、私は思わず笑ってしまった。

「何、笑ってるんだ」

誉さんにじろりと睨まれたので、

「すみません」

私は謝った後、

「誉さんが、何だか可愛いなと思って」

と微笑んだ。

「大の男を捕まえて、何を言ってるんだか」

呆れたような口調の中に、若干の照れを感じて、私はますます誉さんが微笑ましくなった。

「もういいだろ。この話は」

私がいつまでも笑っているので、誉さんは辟易したらしい。煙草を携帯灰皿に押し付け、部屋に戻ろうとした。その時――。

カンカンカンと、誰かが階段を上がって来る足音が聞こえた。

このアパートの二階に住んでいるのは、私と誉さんだけ。

誰だろうと、二人で顔を見合わせる。

足音の主はすぐに二階までやって来ると、誉さんの顔を見て、

「こんばんは、神谷さん」

と挨拶をした。

年は四十歳前後だろうか。メガネをかけていて、理知的な雰囲気の男性だ。サイズがきちんと合ったスーツを着ていて、シャツには皺《しわ》一つない。堅い仕事に就いているのだろうと想像できたが、サラリーマンではないようにも感じられた。

（誉さんの知り合い？）

首を傾げて誉さんを見ると、私の視線に気付いているはずなのに何も言わない。

スーツ姿の男性は、私に目を向けると、

「神谷さんのご友人ですか？」

と尋ねてきた。私が、

「水無月愛莉と言います。誉さ……神谷さんの隣の部屋に住んでいる者です」

と、名乗ると、

「ああ、お隣さんなんですね。すみません。神谷さんの彼女さんかなと、勘ぐってしまいました」

と人好きのする笑顔を浮かべた。私は男性の勘違いに驚いて、

「か、彼女？　違います！　全然違います！」

両手を横に振って即座に否定した。

（私、誉さんの彼女に見えたの？）

変な誤解をされて、何だか頬が熱い。

男性は、激しく否定した私に面食らった表情を浮かべたが、すぐに噴き出すと、

「全否定ですね。少し傷つきませんか？　神谷さん」

誉さんに視線を向けて、からかった。

「冗談はやめてください」

誉さんは、やれやれといった様子で頭を掻いた後、

「ところで……榎木田さん。今日はどういったご依頼で？」

鋭いまなざしでスーツ姿の男性を見た。

（榎木田さん？）

最近、その名前をどこかで聞いた覚えがある。

私は「うーん」と考え込んだ後、貴船神社で見つけた藁人形に入っていた名前と同じ名字であることを思い出した。

（あの『榎木田七菜さん』に、関係のある人なのかな？）

じっと顔を見つめている私に気が付いた榎木田さんが、

「失礼。まだ名乗っていませんでしたね。僕は榎木田隆生《りゅうせい》といいます。神谷さんには……時々頼みごとをしていまして」

と微笑んだ。

「ここでは何ですから、コーヒーでも飲みに行きませんか。君のお勧めのカフェがありましたよね」

榎木田さんは私から視線を外すと、誉さんを誘った。言外に、私の前では話せないと匂わせている。

「構いませんよ。ただ、そこはもう閉店している時間なので、他の店になりますが」

誉さんはそう言うと「行きましょう」と榎木田さんを促した。誉さんが先に階段を下り、私に会釈をした榎木田さんが後に続く。

その場に取り残された私は、頭の中をクエスチョンマークでいっぱいにしながら、二人の背中を見送った。


自室に帰り、部屋着に着替えると、私はキッチンに立ち、紅茶を入れた。

ミルクを足し、ほどよい温度になったマグカップをローテーブルに持って来て、ちびちびと口を付ける。

脳裏に浮かぶのは、先ほどの、誉さんと榎木田さんの会話。

（誉さんに時々頼みごとをしてる、って言ってた。それってきっと拝み屋の仕事のことだよね）

誉さんの様子から、そうなのだろうと簡単に推測できる。

（何を頼みに来たんだろう。……呪い祓い、とか？）

先日、貴船で藁人形を見つけたばかり。このタイミングで誉さんを訪ねて来た榎木田さんが無関係だとは思えなかった。

（気になる……）

「誉さんが帰って来たら、聞いてみようかな。でも、誉さん、拝み屋の依頼人のことは秘密にしたいみたいだし、教えてくれるかな……」

独り言を言った後、残っていた紅茶をごくりと飲み切った。すると、ふと、榎木田さんに、誉さんの彼女に間違われたことを思い出した。

あの時は勢いよく否定してしまったが、よく考えたら、誉さんに失礼だったのではないだろうか。誉さんに魅力がないと言ってしまったような気がして、私は自分の失態に、急に落ち込んでしまった。

(あの言い方は、良くなかったかもしれない)

もう少し柔らかく「違いますよ。私に誉さんはもったいないです」と言うのが正解だった気がする。

(全否定したみたいになっちゃった。誉さんは確かに普段は無精ひげでだらしないけど、本当は優しいし、神事を行っている時は格好いいし、素敵なところがいっぱいある……)

悶々と考えていたら、誉さんにどうしても謝らなければいけないような気がしてきて、私はスマホを手に取った。謝罪のメールを送ろうと文章を入力しようとして――手を止める。

(今はきっと榎木田さんと話しているところだろうし、メールを送ったら迷惑だよね。こういうのって、直接、謝った方がいいだろうし……）

私はスマホを置くと、はぁ～と溜息をついてローテーブルの上に突っ伏した。

「誉さんが帰って来たら、謝りに行こう……あっ、そうだ！　お詫びに、ご飯を作ろう。そうしよう」

私はそう思い立つと、冷蔵庫の扉を開けた。

「……うーん、大したものがないなぁ」

今ある冷蔵庫の中身では、お詫びになるような料理は作れそうにない。私は部屋着を脱いで外着に着替え直すと、スーパーに向かうために家を出た。


スーパーで食材を買って戻ると、私は早速、誉さんの部屋の扉を叩いた。すると、中から「はい」と返事がして、家主が顔を出した。どうやら、榎木田さんとの話は終わり、家に帰っていたようだ。

「なんだ、あんたか。どうしたんだ？」

不思議そうな顔をした誉さんに、

「ご飯を作らせてください」

私は手に持ったスーパーの袋を掲げて見せた。

「急に何だ？」

「さっきのお詫びです」

「さっき？」

首を傾げている誉さんに、勇気を出して、

「榎木田さんに誉さんの彼女に間違われた時、私、誉さんのこと全否定したみたいな言い方をしてしまって……。あ、あのっ、別に誉さんのこと、悪く思ってるわけじゃないですから！　誉さんの優しいところとか、素敵だと思いますし。と、とにかく、すみませんでした……！」

謝罪すると、誉さんは一瞬きょとんとした後、「くくっ……」と、口元を押さえて笑い出した。

「あんた、わざわざそんなことを言いに来たのか？」

おかしそうに笑っている誉さんを見て、今度は私がきょとんとする番だ。

「だって、私、誉さんの気を悪くしちゃったかなと思って……」

「別にしてない。あんたは相変わらず人の機微に過敏だな。俺は人からあれこれ言われても気にしないタチだから、あんたが気を張る必要はない」

優しく微笑まれて、思わずドキッとした。

（私はまた『気にし過ぎて』いたんだ。でも、誉さんの前ではそうでなくていいんだ……）

そう思うと心が軽くなり、安心感が広がった。

「やっぱり、ご飯、作らせてください」

私は笑顔を浮かべると、もう一度、誉さんにスーパーの袋を見せた。

「唐揚げの材料を買ってきたんです。ネギだれをかけて油淋鶏《ユーリンチー》にしようと思ってます。ビールに合いますよ」

誉さんは袋から飛び出ている白ネギに目を向けた後、

「唐揚げか……それはいいな」

と顎を撫でた。

「じゃあ、頼む」

「はいっ」

私は玄関で靴を脱ぐと、意気揚々と誉さんの部屋に上がった。

「お邪魔します」

キッチンに向かい、スーパーの袋から食材を取り出す。

誉さんはパソコンデスクへ向かうと、何か調べものを始めたようだ。カタカタというキーボードの音を背中に聞きながら、私はまず米を研ぐと、炊飯器にセットした。

ご飯が炊けるのを待つ間に、手早く鶏肉を切り、唐揚げの下準備をする。次に、白ネギをみじん切りにして、調味料を入れてたれを作ると、今度は味噌汁に取りかかった。同時並行でレタスと水菜のサラダの準備。青シソとカリカリに焼いた油揚げを入れるのがポイントだ。

温めておいた揚げ油が適温になったところで鶏肉を投入。じゅわじゅわと泡が上る。カラッと揚がると、油を切って皿に盛り付け、ネギだれをかけ、ローテーブルに運んだ。

食事の用意が整うと、誉さんがローテーブルへ移動して来た。座布団を引き寄せて腰を下ろし、冷蔵庫に手を伸ばす。「ビールだろうな」と思ったので、私は、グラスと、自分の分のお茶、炊きあがったご飯を茶碗に入れて持って行くと、誉さんの正面に腰を下ろした。

二人で「いただきます」と手を合わせる。早速、唐揚げに箸を伸ばし、口に入れた誉さんは、「熱っ」と言って、目をつぶった。

「あっ、すみません！『揚げ立てなので熱いですよ』って言えば良かったですね」

熱そうに唐揚げを噛んでいる誉さんに申し訳ない気持ちでいると、

「いや。むしろ揚げ立てで旨い。あんた、相変わらず料理上手だな」

誉め言葉が返ってきて、

「ありがとうございます」

私は少しくすぐったい気持ちでお礼を言った。そして「こうして誉さんに手料理を振舞うのは、誉さんが骨折をした時以来だな」と思い、懐かしくなった。

ネギだれの唐揚げは我ながらいいできで、「ビールがすすむ」と誉さんにも好評だった。

晩ご飯が終わり、漬物をアテにのんびりとビールを飲んでいる誉さんに、私はさりげなく、

「夕方に来られていた榎木田さんって、どういう方なんですか？」

と聞いてみた。誉さんは、グラスから口を離すと、あっさりと、

「市議会の議員だ」

と教えてくれた。

堅い職業に見えたが、サラリーマンではないように思えたのは、議員だったからなのか、と私は納得をした。

「榎木田さん……誉さんに何か頼みごとがあって来られたんですか？」

流石にそこまでは教えてくれないかもしれないと思いながら尋ねてみると、誉さんは、私に話すかどうか考えるそぶりを見せた後、

「呪い祓いを依頼された」

と答えた。

「呪い？　榎木田さん、誰かに呪われてるんですか？　もしかして、貴船神社で見つ

けた藁人形と、何か関係があるんですか？」

　名前は違ったが、名字は一緒なので、何か関係があるのではないかと思い、更に尋ねてみる。すると、誉さんは、

「ある。――といっても、呪われているのはあの人じゃない。嫁さんだ」

　と答えた。

「奥さん？」

「嫁さんの名前は、榎木田七菜。結婚したばかりの新妻だ。原因不明の病気で、寝込んでいるんだと」

「じゃあ、あの藁人形で呪われていたのって、やっぱり……」

「十中八九、榎木田氏の嫁さんだな」

「もしかして、政治がらみで恨みをかったとかで、榎木田さんの奥さんが呪われているんですか？　それに、私が丑の刻参りを止めたのに、どうして今も呪われてるんですか？　一度呪われたら、止めても無駄ってことなんですか？」

　立て続けに問いかけると、

「落ち着けよ。政治がらみなのかどうか、理由は分からないそうだ。丑の刻参りは、あんたが止めて、一旦リセットされたはずだ。だが、呪い主が再開したんだろう」

　誉さんは静かな声音でそう答えた。

「どうして、榎木田さんは奥さんの病気が呪いだって分かったんですか？」

榎木田さんは、陰陽師ではないはずだ。不思議に思っていると、

「七菜さんは、一時期、胸が痛むと言って寝込んでいたそうなんだが、一旦は良くなったらしい。恐らく、あんたが丑の刻参りを止めたからだろう。それが最近になって、また寝込むようになった。日増しに症状がひどくなるが、医者に見せても、どこも悪くないと言われたそうだ。――榎木田さんは、俺にたびたび仕事を頼んでくるような人だ。この世に常識では説明ができない呪いなんてものが存在することを知っているのさ」

誉さんは、そう説明をした。

もしかすると、榎木田さん自身も、誰かから呪われた経験があるのかもしれない。

「誉さん、呪いを祓いに行くんですか？」

「とりあえず、明日、様子を見に行くことになった」

誉さんはグラスに残っていたビールをあおった。

（七菜さんっていう人、どうして呪われたりなんてしたんだろう……）

夫の政治がらみの問題で呪われたのだとしたら、とんだとばっちりだ。

私は、会ったことのない七菜さんのことを思い、同情をした。

＊

誉さんと晩ご飯を食べた翌日は、秋晴れの良い天気だった。長く続いた雨が止んでから、爽やかな日が続いている。

客の帰った『Cafe Path』で、テーブルを拭いていた私は、ふとガラス窓から外に目を向けた。紅葉にはまだ早いこの時期は、行き交う人の姿もまばらだ。

ぼんやりと外を眺めていたら、

「愛莉さん。暇やったら二階で休憩してきてもええよ」

颯手さんに声をかけられた。

「お客さんもいはらへんし、誰か来ても僕一人で対応できるし」

「あっ、すみません。ぼーっとしていて」

私は我に返ると、慌てて颯手さんに謝った。客が来なくても、テーブルを拭いて回ったり、カトラリーを組んだりすることはできる。私は手早く全てのテーブルを拭くと、カトラリーのカゴを集めて、カウンターへと移動した。

カゴの中のフォークとナイフ、スプーンの数を揃えていると、

「こう暇やと、せめて誉ぐらい来てくれたらええんやけどな」

颯手さんが溜息をつく声が聞こえてきた。

「誉さんは、今日、拝み屋の方のお仕事で、榎木田さんっていう方の家に行ってるんです」

私はカゴの中にお手拭きを入れながら、颯手さんにそう教えた。

「榎木田さん？　……って、議員の？」

「はい」

頷いてから、「拝み屋の仕事の話は颯手さんにしても良かったのかな」と不安になった。すると、

「そうなんや。榎木田さんは相変わらず、誉のお得意さんやね」

と意外な言葉が返ってきて、

「颯手さん、榎木田さんのこと、知ってるんですか？」

私はびっくりして颯手さんの顔を見た。

「うん。時々この店に来て、誉と内緒話したはるし」

「そうだったんですね」

「今回は何を頼んで来はったん？」

颯手さんに尋ねられて、私は、昨日誉さんから聞いた、榎木田さんの妻の七菜さんが呪いを受けているらしいという話をした。

「なるほど。ほんで、今日、誉は榎木田さんの家に様子を見に行ってるんやね」

「やっぱり政治家の世界って、ドロドロしているんでしょうか」

呪われるということは、誰かから恨まれているということだ。

(怖いなぁ……)

他人事とはいえ、呪い呪われる人がこの世に存在すると考えるだけで、気分が落ち込んでくる。

私はよほど暗い顔をしていたのだろう。私を見た颯手さんが、小さく苦笑して、

「愛莉さん。境界線を引いた方がええよ。あんまり考え過ぎんとき」

と優しい声で言った。

その時、ドアベルがカランと鳴った。客が来たことに気付き、

「いらっしゃいませ」

私は愛想のいい声で挨拶をした。ぞろぞろと店内に入って来たのは、年配の男性と女性のグループだ。トレッキングをしていたのか、アウトドア風の格好をしている。

「八名様ですか?」

「はい。そうです」

「あんなぁ、ここのサンドイッチが美味しいんやで」

「へえ。そら楽しみやわ」

「えらいおしゃれなお店やね」

　私が人数確認をしている傍らで、年配の女性たちが楽しそうにお喋りをしている。サンドイッチが美味しいと言ってくれた女性が、仲間を連れて来てくれたのだろう。

（良かった。口コミで、もっとお客さんが来るようになるといいな）

「『Cafe Path』が繁盛するといいな」と考えながら、私は八人グループを疏水の見えるテーブルへ案内した。


（今日はお店が珍しく忙しくなって良かったなぁ）

　年配客のグループが帰った後、ママ友グループと外国人観光客が入って来て、『Cafe Path』は久しぶりに賑わいをみせた。よく働いたという充実感でいっぱいになりながら、アパートへ戻って来ると、私の部屋の前に誰か人が立っていることに気が付いた。その姿を見て「あっ」と目を丸くする。壺装束姿の女性は黒馬だ。

　私は急いで階段を上がると、

「こんばんは。今日はどうしたんですか？」

　黒馬に声をかけた。

「こんばんは。愛莉さん」

　人の姿を取っている黒馬は、振り返ると、黒目がちの目を細めて微笑んだ。

「あなたに、もう一度、お願いがあって参りました」

「お願い？」

お願いの内容は予想ができたが、私は念のため、黒馬に聞き返した。

「はい。我が神の御神木を傷つける者が戻って参りました。どうか、この度も、愛莉さんの手でお止めいただきたく」

丁寧に頭を下げた黒馬を見て、私は内心で「やっぱり」と思った。

「丑の刻参りに再び通い始めた人がいるんですね？」

「我が神は心願成就の神ですが、人を傷つけることを望んではおりません。神は人に寄り添うもの。人を慈しみ、その願いを叶える手助けをしたいと考えている、心優しきお方なのです」

「けれど、誰かのお願いごとを直接的に叶えることはできない……ですよね」

黒馬は肯定するように黙って目を伏せた。

誉さんが言っていた「神は縁を結ぶもの」という言葉を思い出す。

神様は人が願いを叶える道に進めるよう、縁やきっかけを授けてくださる。けれど、それはただの縁であり、その縁を強くして、願いを叶えるのは自分の力で為さねばならないこと。神様は人の願いごとを霊験を使って簡単に叶えてはくださらない。

（でも、神様はお優しい。人間一人一人を見てくださって、気にかけてくださる。だ

から、自分がおできにならないことを、私や誉さんにお願いされるんだ）

　貴船の神様は、御神木を傷つけるという理由だけではなく、丑の刻参りをしている女性の心を救って欲しいと、私にお願いをされているのだろう。

　私は覚悟を決めると、黒馬の目を見つめた。

「分かりました。私がその人を止めます。貴船に行きます」

　黒馬は私の答えを聞いて微笑むと、

「ありがとうございます。どうぞよろしくお願い致します」

　優雅に頭を下げ、ふっと姿を掻き消した。

＊

　午後十六時。叡山《えいざん》電車『貴船口駅』までやって来た私は、貴船神社に向かって歩いていた。

　先日、止雨の祈禱に来た時は、誉さん、颯手さんも一緒だったが、今日は一人きり。

　前回に来た時はまだ開かれていた川床も九月末で終わり、紅葉にも早いこの時期は、観光客が混みあうほどではなく、落ち着いた雰囲気が漂っている。

貴船川沿いの道を歩き、貴船神社の本宮までやって来ると、二の鳥居の向こうに朱色の春日燈籠が立ち並ぶ石段が見えた。

観光客たちが熱心に写真を撮っている横を遠慮がちに通り抜け、私は参道の階段を上り始めた。

頭の中を占めているのは、黒馬からのお願いごとだ。私が今日、貴船にやって来たのは、丑の刻参りを行っている女性を止めるため。

誉さんは今日も榎木田さんの家へ詰めている。七菜さんの体調が思わしくないらしい。誉さんの見立てでは、七菜さんを苦しめているのは、やはり丑の刻参りの呪いだろうという話だった。心臓に刺すような痛みを感じ、その痛みは日に日に増しているのだそうだ。

私が丑の刻参りを止めることができれば、七菜さんに降りかかっている呪いは、きっと消えるだろう。けれど、呪い主は、一度失敗した丑の刻参りを再開してしまうような相手だ。よほど七菜さんを呪いたい理由があるに違いない。ただ一時的に止めるだけではなく、呪い主に直接会って理由を聞き、丑の刻参りを止めるように説得しなければ、七菜さんが命を落とすまで、呪いは続くのではないかと思われた。

（私にできるのかな……）

階段を上りながら、私は不安な気持ちを抱いていた。

（人を呪うような人と話をして、気持ちを変えさせることなんて……）

　自信はないが、神様からのお願いごとだ。やるしかない。私は改めて覚悟を決めた。

　私一人では危険だろうと、今日は『Cafe Path』の閉店後、颯手さんが合流してくれることになっている。

　神門から貴船神社本宮の境内に入ると、白馬と黒馬の神馬像が建っていた。私は神馬像の前まで歩いて行くと、手を合わせ、心の中で「約束を守れるよう、頑張ってみます」と話しかけた。

　手水舎で身を清めると、今度は本殿へと向かう。本殿の前には拝殿が建っていて、私はその前で二拝二拍手し、ここでもやはり「神様のお願いごとを叶えられるよう、頑張ります」と誓った後、最後に丁寧に一拝をした。

　拝殿前の『水占斎庭《みずうらゆにわ》』には、『水占《みずうら》みくじ』を、楽しそうに御神水に浮かべている女性グループがいた。貴船神社のおみくじは、御神水に浸けると、文字が浮かび上がってくるという珍しいタイプのおみくじだ。

　おみくじは、神様からのお言葉だという。やってみようかと思ったが、例えどんな運勢が現れても、私がすべきことは変わらないと思い、止めておいた。

　私は北門から本宮を出ると、三の鳥居を潜り、貴船川沿いの道を、奥宮に向かって歩き出した。

貴船神社は高龗神をお祀りする本宮の他に、磐長姫命《いわながひめのみこと》をお祀りする結社（中宮）、高龗神をお祀りする奥宮がある。まずは本宮、そして奥宮、最後に結社の順で参拝することを『三社詣』と言うらしい。

私は結社を一旦通り過ぎると、奥宮へと向かった。途中にそびえるのは、御神木『相生の杉』。樹齢千年の、同じ根から生えた二本の杉だ。――私が、最初に、呪いの藁人形を見つけた木。

私は恐る恐る御神木に近付くと、ぐるりと周囲を回ってみた。どこかに、釘の穴が開いていないかと思い、注意深く観察をしてみる。すると、視線の高さに、小さく、何かで穿たれたような穴が開いていた。一瞬躊躇したものの、手を伸ばし、そっと触れてみる。すると――。

――憎い。あの子が憎い。どうして私の大切な人を取ったの。ずっとずっと、想っていたのは私の方だったのに……！

突然、誰かの強烈な憎しみの声が、頭の中に鳴り響いた。

「――っ！」

雪崩れ込んできた負の感情はあまりにも激しく、嵐のような思念に圧倒されて、私はその場に座り込んでしまった。

頭の中に情景が浮かんだ。私が見つめているのは、ウェディングドレスを着た華やかな容姿の美しい女性。幸せそうに笑う彼女に祝福の言葉をかける自分。

——本当は祝福なんてしていない。私の方が、ずっとあの人のことを好きだった。

水無月愛莉の意識と、誰かの意識が混濁し、私は吐き気をもよおしてきた。

口元を押さえ堪えていると、不意に、あたたかな手で背中を撫でられた。目を向けると、そこにいたのは黒馬だった。今日はそばに狩衣姿の男性——白馬もいる。

「来て下さったのですね」

黒馬が、私の背中をさすりながら、優しく声をかけてきた。

「約束……しましたから」

苦しい息の合間から、私は答えた。

「お前は境界線が薄いのだな。人の負の感情を、我がことのように感じ取ってしまう……。それは、人の世にあっては生きにくい気質であろう。しかし、それゆえ、神的なものとの融和性も高く、我らはそなたにまみえることができる」

白馬は手を伸ばすと、黒馬と同じように私の背中に触れた。二人の清らかな神気が体の中に注ぎ込まれていくのを感じる。それはまるで、清涼な水を与えられ、胸に詰まった淀みが押し流されていくような感覚だった。

負の念が完全に体の内から消え去ると、私はゆっくりと立ち上がった。

「ありがとうございます。黒馬さん、白馬さん」

「我らはそなたに無理な願いを押し付けているな」

黒馬に比べて表情の乏しい白馬が、緩やかに頭を下げた。謝られたのだと気付き、

「いいえ！　大丈夫ですよ。きっと何とかしてみせますから」

私は、急いで白馬に両手を振ってみせた。白馬は私を見ると、

「そなたは優しい。人を思いやる心は美しい。だから、神に好かれる」

僅かに唇を上げた。

(美しい？)

意外なことを言われて、私は目を瞬いた。

(すぐにネガティブな感情に支配されて、泣いてばかりの私が、美しい？)

そんなことはないだろうと戸惑っていると、白馬は私の内心を読んだように、

「自分を恥じてはいけない。己の弱さを知る者は、他者へ優しさをもって接することができる。それは美しい長所だ」

私の腕にそっと触れた。

「さあ、奥宮へ。そして結社へ。この貴船の神力が、きっとそなたを守るだろう」

白馬はそう言うと、ふっと姿を消した。見れば、黒馬の姿も消えている。

(白馬さん、黒馬さん……ありがとう)

私は目を閉じると、心の中で二人にお礼を言った。

『相生の杉』から離れ、私は奥宮に向かった。参道を通り、神門を抜け、境内に入る。先日、誉さんが祈禱を行っていた本殿の前まで行くと、決して誰も目にすることが許されないという龍穴に、静かに手を合わせた。

奥宮を出て、結社まで戻って来ると、私は、階段のそばに立てられている立札に目を向けた。立札に書かれている御由緒には、結社の御祭神は磐長姫命で、天孫降臨し皇室の御先祖になった瓊々杵尊《ににぎのみこと》の妻・木花開耶姫命《このはなさくやひめのみこと》の姉だとある。

瓊々杵尊が木花開耶姫命を娶《めと》ろうとした時、父の大山祇命《おおやまつみのみこと》は、姉の磐長姫命も共に遣わした。けれど、瓊々杵尊は美しい木花開耶姫命だけを娶り、容姿の劣っていた磐長姫命を返してしまったのだそうだ。磐長姫命はそれを恥じ「吾ここに留まりて、人々に良縁を授けよう」と、貴船の地にお鎮まりになったのだという。

「優しい神様だったんだな……」

御由緒を読んで、私は胸があたたかくなった。

（神様ってやっぱり、人間のことを大切に思ってくださっているんだな）

磐長姫命は「恋を祈る神」「縁結びの神」として信仰を受け、平安時代の女流歌人・和泉式部《いずみしきぶ》も、夫との不和に悩んだ時、貴船で祈願をしたのだそうだ。

私は、石段を上がると、結社の境内に入った。小さな本殿に目を向けると、先に手を合わせている女性がいた。三十歳前後だろうか。低めの位置で一つに結んだ髪形と、暗い色の服装に洒落っけが感じられない。メイクも薄く、地味な印象の女性だった。目を閉じ、真剣に願をかけていて、私の気配に気付く様子はない。

私は本殿に近付くと、順番を待とうと、少し間を開けて彼女の後ろに立った。

しばらくの間、そうして待っていたが、

(……長いなぁ)

女性が一向に目を開ける気配がないので、私は困ってしまった。横から参拝させてもらおうかと悩んでいると、ようやく祈りの終わった女性が目を開けた。私の気配に気付いたのか、振り返ると、

「あっ、ごめんなさい！　私、待っている人がいることに気付いていなくて……」

と申し訳なさそうな顔をした。

「いいえ！　こちらこそ、お祈りの邪魔をしてしまってすみません」

女性はそそくさと一拝すると、本殿の正面から離れ、私に場所を譲ってくれた。彼女に会釈をして、神様に手を合わせる。

お祈りが済むと、私は本殿を左側から回り込み、境内を一周してみることにした。立派な桂の御神木や、和泉式部の歌碑などがある。本殿の脇に緑色の紙がたくさん結び付けられた結び所があり、先ほどの女性がそばの記入台で熱心に何か書いていた。

記入台の上に緑色の紙が見えたので、近付いて行って見てみると、願いごとを書き記して結ぶと様々な良縁が叶うという『結び文』とのことだった。

（へえ……。恋だけでなく、仕事の縁も結んでくれるんだ）

説明書きを興味深く眺めていると、女性は文に願いごとを書き終わったのか、結び所に向かって行った。その表情が心なしか暗かったので、

（さっきも一生懸命祈っていたし、よっぽど、神様にお願いしたい縁があるのかもしれない）

私はなんとなく、そんな風に思った。

女性を横目に結び所を通り過ぎると、私は結社を出た。

本宮まで戻ってきて、時間を確認しようとスマホを見ると、颯手さんからメールが入っていた。「今、店を閉めたので、十八時半には貴船に着けるだろう」という内容だった。カフェに入って待とうと思ったが、どこもう閉まっていたので、私は駐車場のベンチで颯手さんを待つことにした。

三十分ほど待っていると、颯手さんの車が駐車場に入って来た。車のそばまで行き、コンコンと窓を叩く。運転席にいた颯手さんが私に気付き、鍵を開けてくれたので、助手席に乗り込み、

「仕事帰りなのに、すみません。神使から、神様のお願いごとを託されたのは私なの

に。それに、私が貴船神社にお参りしたいって言ったから、丑の刻参りの時間はまだまだ先なのに、こんなに早くに来てもらって」

と頭を下げた。

「かまへんよ。愛莉さん一人、危ない目には遭わせられへんし」

颯手さんは微笑むと、

「寒かったんちゃう？　これ、飲み」

そう言って、温かい缶コーヒーを差し出してくれた。

「ありがとうございます。ちょっと寒かったので嬉しいです。それに午前二時まで起きていないといけないですから、カフェイン取っておいた方がいいですよね」

ぷしゅっとプルタブを開けて、口をつける。温かく甘いカフェオレが、冷えた体に染み渡った。

「それやけど、二時になっても愛莉さんは車の中におって」

「えっ！」

真面目な表情でそう言った颯手さんに、

「私も行きますよ。だって、私が頼まれたんですから」

私は急いで首を振った。

「でも、愛莉さん、また念に憑かれるかもしれへんし。それに、どんな相手か分からへん。丑の刻参りをしてるゆうことは、釘や槌《つち》を持ってるはずや。立派な凶器や。愛莉さんにケガをさせるわけにはいかへん」

きっぱりと言い切られ、私は困ってしまった。

白馬、黒馬と、私は約束をした。その約束を、たがえたくはない。

「いいえ、行きます。私は神様の御使いと――神様と約束をしたんです」

私は颯手さんの目を真っすぐに見返すと、はっきりとした口調で言った。

「…………」

颯手さんはしばらくの間、考え込んでいたが、

「――そうやね。愛莉さんの約束の相手は、神様やったね」

と言った。

「それやったら、一緒に行こか。でも、絶対、僕のそばから離れんといてな」

ようやく了承をしてくれた颯手さんは、私に念を押した。

その時、私のお腹がぐ～っと鳴った。颯手さんがきょとんとした表情を浮かべた後、ぷっと噴き出した。

「丑の刻まで、まだまだ時間あるし、晩ご飯でも食べに行こか。その後、ドライブする余裕もあるで」

私は自分の腹の虫を恥ずかしく思いながら「はい。ご飯に行きたいです」と頷い

た。

＊

「愛莉さん……愛莉さん……」

私は名前を呼ばれて目を覚ました。

「ここは……？」

ぼんやりとした頭のまま、私の名前を呼んだ人に目を向ける。運転席に座る颯手さんが、私の肩を揺さぶっていた。

すぐに、今、貴船にいることを思い出し、私はパッと身を起こした。

「すみません。私、寝ていましたね」

丑の刻を待つ間、どうやら、うとうとと眠りに落ちていたようだ。

「丑の刻になった。愛莉さん、行くで」

「はい」

私と颯手さんは車を降りた。貴船の夜は暗く、人影もない。ただ、川の音だけがさらさらと聞こえてくる。

あたたかな車の中から外に出て、急に冷たい外気にさらされたので、体がぶるっと震えた。

「丑の刻参りに来た女性は、きっと今日も『相生の杉』にいると思います」

私は、『相生の杉』で思念を感じ取ったことを、既に颯手さんに話していた。

「うん。奥宮に向かおか」

私たちは、ほのかな明かりしか灯っていない暗い道を、奥宮へと向かって歩き出した。

本宮の鳥居を横目に進み、結社も通り過ぎる。

奥宮が近づいてくると、夜闇の中にカーンカーンという不気味な音が響き始めた。

私と颯手さんは、無言で目と目を合わせた。やはり、呪詛の主は、今日も貴船へ来ているのだ。

「何日目やろ。もし今日が七日目――満願成就の日やったら、危ない」

「急ぎましょう……！」

私たちは足早に、けれど音を立てないよう注意深く歩を進めた。

『相生の杉』に辿り着くと、御神木のそばに一人の女性がいた。今日はヘルメットを被っていない。その横顔を見て、私は「あっ」と声を上げた。

「あなたは、昼間、結社にいた……」

見覚えのある女性だったことに驚き思わず声を出すと、私の声に気付いた彼女が、藁人形に釘を打つ手を止め、パッとこちらを向いた。私と颯手さんの姿を見て、苦々しげな表情を浮かべる。女性は『相生の杉』のそばから離れると、私を突き飛ばし、駆け出した。

「待って……！」

私は彼女に向かって手を伸ばした。女性は立ち止まらず逃げて行く。その前に素早く颯手さんが回り込み、立ち塞がった。

女性は、颯手さんに行く手を阻まれて怯み、動きを止めた。颯手さんは、

「『わすれては　うちなげかるる　夕べかな　われのみしりて　すぐる月日を』」

と、すばやく三度唱えると、女性の額をトンとついた。その途端、女性は、糸の切れた操り人形のように、颯手さんの腕の中に倒れ込んだ。

「颯手さん、何をしたんですか？」

突然、意識を失ってしまった女性に驚き、颯手さんの元へ駆け寄る。女性の命に別状はないのだろうかと心配になり、彼を見上げると、

「眠りを誘う呪歌で少し眠ってもろただけや。車に連れて行って、彼女が目を覚まさはったら、ゆっくり話を聞いてみよ？」

颯手さんはそう言って私に女性の体を預けた。そして『相生の杉』に刺さる藁人形に近付いて行くと、

「相変わらず、できのいい藁人形や。効果も抜群のようやし、とても素人が作ったとは思えへん。どっかの陰陽師が作ったもんなんやろか……」

と独り言ち、御《ご》神木から藁人形を引っこ抜いた。ポケットからライターを取り出し、その足に火を点け手を放す。アスファルトの上に落ちた藁人形は、あっという間に炎に包まれ、灰になった。

藁人形が燃え尽きたのを確認すると、颯手さんは私の元まで戻って来て、女性の体を受け取り背に負った。

「とりあえず、車に戻ろか」

「はい」

気を失っている女性は、何か悪い夢でも見ているのか、眉間に皺を寄せて苦しそうな表情を浮かべている。時々、ウウッと嗚咽のような唸り声を上げる彼女を見て、私は「この人は一体どんな苦しみを抱えているのだろう……」と考えた。

車に戻り、颯手さんが女性を後部座席に寝かせると、私はその隣に座り、頭をそっと膝の上に乗せた。私が頭に触れると、女性はまたウーッと唸ったが、目尻には涙が溜まっていた。

「『Cafe Path』に行こか。落ち着けるところで話を聞いた方がええやろし」

颯手さんの言葉に異論はなかったので、私は「それがいいと思います」と頷いた。

車は静かに発進した。貴船神社の一の鳥居のそばを通り過ぎ『Cafe Path』を目指して、南へ南へと走る。

車内には沈黙が落ちていた。私はこの女性がどこの誰で、何故ウェディングドレス姿の女性を呪っていたのかを考えていた。颯手さんも恐らく、同じようなことを考えているのだろう。

ふと、私は、車内が静か過ぎることに気が付いた。車に乗せた時から続いていた女性の唸り声が止んでいる。嫌な予感を感じて、私は女性の頬に触れた。――冷たい。ドキッとして彼女の手首を取ると、脈がなかった。慌てて口元に手をかざしてみたが、呼吸も感じられない。

「は、颯手さんっ！」

私は血相を変えて運転席の颯手さんを呼ぶと、

「この人、脈が止まってます！　息をしていません！」

と叫んだ。

颯手さんは「えっ？」と言って、すぐさま路肩に車を寄せた。運転席から降りて来て、後部座席を開け、女性の首筋に手を当てると、

「あかん。仮死状態になってはる。魂が出て行ったんや……！」

と焦った表情を浮かべた。

「魂が出て行った？」

「生霊や。このお人は、生霊になって、七菜さんのところへ行ったんや」

すぐさまスマホを手に取った颯手さんは、

「もしもし。ああ、誉？　かんにん、失敗した。呪い主が生霊になってそっちに向かってる」

と早口で伝えた。どうやら、電話の相手は、榎木田さんの家にいる誉さんらしい。

「早う魂を戻さへんと、体が死んでまう。僕らもそっちに向かうわ。榎木田さんの家の場所教えて」

颯手さんは喋りながら運転席に戻ると、手早くカーナビに住所を打ち込んだ。

「分かった。ほな、後で」

通話を終えると、ちらりと私に視線を向け、

「ちょっと飛ばすで」

と言って、アクセルを踏み込んだ。

＊

下鴨《しもがも》にある榎木田さんの家に到着した時には、午前三時を過ぎていた。女性の体か

ら魂が出て行ってから、二十分程が経過している。

榎木田さんの家は見るからに裕福だと分かる大きな屋敷で、駐車場には外車が二台停まっていた。

「あそこですか?」

「うん。そうみたいや」

「あっ……」

私は目を見開いた。榎木田さんの家の前に、黒馬が立っている。私を見つめ「早く」と言うように手招いている。

「颯手さん、車、停めてください」

私は扉に手をかけると、車が停まったと同時に外へ飛び出した。黒馬のところへ走って行く。

「もう来てるんですか?」

生霊が到着しているのかと思い、息を切らせながら尋ねると、黒馬は、

「じきに来ます。来たら、あの者は、呪わしいと思っている相手を取り殺すでしょう」

と悲しそうに目を伏せた。

「そんなことはさせません」

私は勝手に屋敷の玄関扉を開けると「お邪魔します」と言って上がり込んだ。奥の部屋から、祝詞を唱える誉さんの声が聞こえてくる。私はその部屋を目指して駆けて行くと、勢いよく襖《ふすま》を開けた。

中は和室になっていた。やはり室内には誉さんがいて、敷かれた布団の上に眠る美しい女性のそばで祝詞を唱えていた。生気のない女性の顔を見て、ハッとする。その人は『相生の杉』の穴に触れた時に見えたウェディングドレス姿の女性だった。

（この人が七菜さん。呪いを受けている人）

七菜さんのそばには、ご主人である榎木田さんが座っている。突然部屋に入って来た私に、驚いているようだ。

「誉さん。来ます！　もうすぐ、生霊が！」

私は誉さんに向かって叫んだ。誉さんが祝詞を止め、私に視線を向けた時――。

部屋の中に、何か禍々しいものが入り込んだ気配がして肌が粟立った。恐る恐る振り返ると、髪は乱れ、顔色は赤く、口元から牙をむき出している女性が立っていた。

「――っ！」

鬼女のあまりにも恐ろしい容貌に息を飲む。

（でも、間違いなくあの女性だ。面影が残ってる）

颯手さんの車の中で意識を失っている女性の生霊は、呼吸荒く苦しんでいる七菜さ

んに手を伸ばした。誉さんがその前に立ち塞がると、パン、と手を合わせ、

「『それ天開け地固まつしよりこの方　伊弉諾伊弉冊《いざなぎいざなみ》の尊《みこと》　天《あま》の磐座《いわくら》にして　みとのまぐはひありしより　男女夫婦《なんにょふうふ》の語らひをなし　陰陽の道永く伝はる　それになんぞ魍魎鬼神《もうりょうきじん》妨げをなし　非業《ひごう》の命を取らんとや』」

と唱えた。すると、女性の生霊は雷に打たれたように仰け反り、胸を掻きむしり始めた。

——恋しく恨めしく、寝ても覚めても忘れられないこの想い。何故私を選んでくれなかったの？　何故妹を選んだの？　妹の方が美しかったから？　あなたのことを、ずっとずっと想っていたのは、私の方だったのに……。

まるで、見えない雷に打たれたことよりも、恋に傷ついたことの方がつらいと言わんばかりに悶え、涙を流している彼女を見て、私は胸が苦しくなった。

私は女性に駆け寄ると、その体に手を伸ばした。

「愛莉、待て！」

誉さんが止める声が聞こえたが、構わず、彼女をぎゅっと抱きしめる。すると、女性の思念が一気に私の中に雪崩れ込んできた。

——榎木田隆生さんと初めて出会ったのは二十四歳の時。父が後援会に入っていた議員の息子だった。素敵な人だと一目惚れをした。それから、父が彼を連れて来るた

び、ずっと見つめていた。女子校育ちで男性慣れしていなかった私は地味で奥手で、話しかけることさえできなかった。けれど、隆生さんとのお見合い話が持ち上がり、私は嬉しさで天にも昇る気持ちになった。それが、妹の七菜と私・八重《やえ》、どちらかを隆生さんに選んで貰うという話だったと聞くまでは。

（どうして七菜を選んだの？　七菜が社交的で美しかったから？　私が奥手で醜かったから？　七菜より劣っていたから？　七菜には他に恋人がいたはずなのに、どうして隆生さんと結婚したの。七菜は誰でも選ぶことができたのに……隆生さんだけを想っていた私に、どうして隆生さんをくれなかったの。愛している人から愛されないことは、悲しい。私はいつも七菜の陰。七菜が憎い。七菜がいるから私は愛されない……………）

八重さんの感情が私の感情のように、胸の中に激しく渦巻く。

愛されないことは、悲しい。その言葉が、私の心に突き刺さった。

（私も同じ。圭祐は私から去って行った）

私は八重さんを強く抱きしめた。繋がった心の中で「分かります」と語りかける。

――あなたに私の気持ちが分かるわけがない。

即座に、反発の声が返ってきた。

「分かります。だって私も、自分に自信がないから。そのせいで、愛していた人が私の前から去って行ったから。——でも私は京都に来て、こんな私を認めてくれる人たちに出会えました」

「あなたも、あなたを愛してくれる人と必ず出会えます。現れます」と私は八重さんに断言した。

――妹を呪うようなこんな卑しい女を、愛してくれる人が現れるとは思えない。

八重さんから、榎木田さんに想ってもらえなかった悲しみと、七菜さんへの強い劣等感を感じて、私は八重さんに語りかけた。

「妹さんと自分を比べる必要はないんです。卑下しないで。八重さんには、八重さんの魅力があります。八重さんは、一途に人を想う、素敵な心を持っているじゃないですか。――それでも、もし、今の自分が嫌で、変わりたいと思うのなら、八重さんはきっと変われます。それは、八重さんが自分のことをよく知っているから。自分が奥手だということも、妹さんへの劣等感や、憎く思ってしまう不甲斐なさも分かってる。自分を知る人は、変われます。すぐには無理でも、なりたい自分になれるように、少しずつ少しずつ、生きやすい道を探せばいいいんです」

子供を宥めるように、八重さんの頭をゆっくりと撫でる。

「大丈夫です。大丈夫……」

安心させるように繰り返すと、次第に、八重さんの荒い息遣いが収まってきた。私は八重さんの体を離し、顔を覗き込んだ。いつの間にか、逆立っていた髪と、顔色が元に戻り、牙も消えている。

「落ち着きましたか……？」

そっと尋ねると、

――はい……。

小さな声で返事があった。

その時、

「間におうた？」

颯手さんの声が聞こえた。見れば、八重さんの体を背負った颯手さんが、廊下から部屋に入って来たところだった。

颯手さんが八重さんの体を畳の上に寝かせると、八重さんの生霊はすうっとその中に消えていった。颯手さんが首筋に指を当て、脈を確認する。

「大丈夫。ちゃんと戻らはったわ」

私はほっと胸を撫で下ろした。誉さんも安堵したように、ふぅっと息を吐いている。

「姉さん……？」

可憐な声がしたので、振り返ってみると、七菜さんが布団の上に半身を起こしていた。顔に生気が戻っている。呪いは完全に祓われたようだ。そのそばで、榎木田さんが畳に手を突き、うな垂れていた。

「榎木田さんは、八重さんの想いに気が付いていたんですか？」

もしかすると、と思って問いかけてみると、頷きが返ってきた。

「そうではないかと思っていました。けれど、僕は、七菜が好きだったんです」

七菜さんが手を伸ばし、榎木田さんの肩を抱き寄せた。二人の結婚のきっかけは、お見合いと言う形だったかもしれないが、私は、きっと七菜さんも榎木田さんのことが好きになったのだろうと思った。

（どんなに想っても、想い返してもらえないこともある。人を好きになることって、時に、ままならない……）

私は切ない気持ちで、眠る八重さんの顔を見つめた。

＊

丑の刻参りに端を発した呪いの一件が収まった後、私は再び貴船神社に来ていた。本宮の前で手を合わせ、事の次第を神様に報告する。

（私は、神様のお願いごとを叶えられたでしょうか？）

心の中で尋ねてみたが、答えは返ってこなかった。

目を開けて振り返ると、早々にお祈りを済ませたのか、誉さんと颯手さんは『水占斎庭』の前にいた。流れ出る御神水をプラスチック容器に汲んでいるようだ。

二人に近付き、

「御神水をいただいているんですか？」

と尋ねると、

「そうやで。ボトルの初穂料《はつほりょう》をお納めしたから、御神水を分けていただいてるねん」

颯手さんがにっこりと微笑んだ。

「貴船の御神水って、ご利益ありそうですね」

「芳ばあさんに、また札を頼まれているからな。ちょうどいい」

誉さんもボトルをいただいたのか、蓋を開けて順番を待っている。

「ああ、そうだ。結社の御祭神のことだがな……」

誉さんが、ふと思い出したような口調で私に話しかけた。

「磐長姫命様ですか？」

「一説によると、磐長姫命は瓊々杵尊が木花開耶姫命だけを召したことを恨んで、呪いをかけたと言われている。『自分が召されて子ができていたら、その子はいつまでも死なない子になっただろう。しかし瓊々杵尊が木花開耶姫命だけを召したので、その子の命は、木の花のように儚く散り落ちるだろう』とな。だから人間は限りある寿命になった。——人のために縁を結ぶ姿と、妹を呪う姿、さて、どちらが本当の姿なんだろうな」

顎に手を当て、考え込むような表情を見せた誉さんに、私は、

「それはもちろん、人のために縁を結ぶ姿ですよ。だって、神様ですもん」

と笑いかけると、「ちょっと行って来ます」と言って、彼のそばから離れ、授与所に向かった。

中にいる巫女に、

「御朱印をお願いします」

と言って、真新しい御朱印帳を差し出す。

番号札を渡され、書いていただくのを待っている間に、御神水を汲み終わった二人が近付いて来た。

「愛莉さん、御朱印をいただいてるん？」

「はい。私、訪れた神社で、御朱印をいただくことにしたんです。神様に結んでいただいた、神使や、様々な人との縁を、忘れたくないから」

そう話すと、誉さんが、

「それはいい」

と微笑んだ。誉さんが笑うと、鋭い目元が和らいで、優しい表情に変わる。

番号札と引き換えに御朱印帳を受け取った後、私たちは、春日燈籠が連なる参道の石段へ向かった。京都らしい趣のある景色を楽しみながら、ゆっくりと下りて行く。

すると、二の鳥居のそばで、狩衣姿の白髪の男性と、壺装束姿の黒髪の女性が私たちを待っていた。

「白馬さん、黒馬さん」

駆け寄って声をかけると、黒馬がにこっと微笑み、

「愛莉さん。この度は、ありがとうございました。神の御心も安らいだようです」

と頭を下げた。

「そなたには世話になった」

白馬の口元が僅かに上がった。どうやら彼も微笑んだようだ。

「またどうぞ、いつでも、お社にお参りくださいませ」

「待っているぞ」

そう言うと、二人の姿は掻き消えた。

私は鳥居を見上げ、

「はい。またお参りに来ます」

と約束をした。

最終章　平安神宮の四神

私が京都へ来てから、最初の紅葉の季節がやってきた。

十一月の下旬。『哲学の道』は、紅葉見物に来た観光客で賑わっている。

「午前中から結構人が来ていますね」

『Cafe Path』の窓を開け、外を眺めながら颯手さんに声をかけると、テーブルの上にカトラリーのカゴを並べていた颯手さんが近付いて来て、

「永観堂のもみじが綺麗やからね。銀閣寺を拝観した後、皆、ああして『哲学の道』を歩いて行かはるねん」

私の隣に立つと、同じように窓の外を眺めた。そして、

「平安神宮の神苑のもみじも、見頃なんとちゃうかな」

と言ったので、

「実は明日、誉さんと一緒に見に行く約束をしているんですよ」

私は颯手さんにそう教えた。

「へえ、そうなんや。それはええね」

颯手さんは、にこりと笑った後、

「そういえば、愛莉さんと初めて会うたんは春やったなぁ……」

と懐かしむような顔をした。

「ついこないだのような気がするのに、時が経つのは早いね」

「そうですね……」

私も感慨深い気持ちで、京都に来てからの出来事を思い返した。色々なことがあったが、その一つ一つが大切な思い出だ。そしてこれからも、京都でたくさんの思い出を紡いで行けたらいいと思う。

「愛莉さんには、早く『哲学の道』の桜を見てもらいたいな。めっちゃ綺麗なんやで」

颯手さんが窓の外の桜の木に目を向けたので、私も釣られて桜の木を見上げ、

「はい。早く見てみたいです」

と頷いた。満開の桜小径は、どんなにか美しいだろう。

「あの日、大国主命が本当に結んでくれたんは、僕らと愛莉さんの――いや、誉と愛莉さんの縁やったんかもしれへんね」

疏水を吹き抜けた風が桜の枝を揺らし、颯手さんの言葉が掻き消された。

「えっ？　何ですか？」

瞬きをして問い返すと、

「……なんでもあらへんよ。もうすぐ開店や。愛莉さん、扉に札掛けて来てくれはる？」

颯手さんはそう言って、私のそばから離れて行った。私は颯手さんの背中に、

「はい」

と返事をすると、窓を閉めて、カウンターへ行き「Open」の札を手に取り、店の外に出た。

扉の前では既に何組かの客が並んで開店を待っていた。先日、旅行のガイドブックに「桜小径のお洒落カフェ」として紹介されてから、ハイシーズンも重なり、『Cafe Path』は連日繁盛していた。

私は扉に札を掛け、並んでいる客を振り返ると、

「いらっしゃいませ。ようこそ『Cafe Path』へ」

最高の笑顔を浮かべ、丁寧にお辞儀をした。

翌日、私は誉さんと連れ立って『哲学の道』を歩き、平安神宮へ向かっていた。

『哲学の道』は、今日も観光客が多く歩いている。

私は隣を歩く誉さんを見上げ、

「桜の季節も人が多く来るんですよね？」

と話しかけた。

「そうだな。きっとその時期も店が混むぞ」

『Cafe Path』のことを言っているのだと分かり、私は、

「お店が繁盛すると嬉しいです」

と笑った。

「早く桜の季節にならないかな……」

今まだ早い桜の花を思ってつぶやいたら、誉さんが、

「桜の季節も、その後も、ずっと京都にいればいいさ」

と言った。

「いますよ。ずっといます。だって、私、京都が好きです」

笑顔を向けると、誉さんは、

「そうか」

私を見て、ふっと口元を綻ばせた。

大豊神社と熊野若王子神社に立ち寄りお参りをした後、私たちは『哲学の道』を下りた。観光客で賑わう永観堂の前を通り過ぎ、南禅寺境内に入る。更にそこを通り抜け、インクラインを見て、疏水沿いに歩いて行くと、威風堂々とした大鳥居が現れた。

大鳥居の横を通り過ぎ、横断歩道を渡り、公園の中に入る。

公園の中の道を歩いて応天門へ到着して、門を潜り、平安神宮の境内に入った瞬間、私は、以前この場を訪れた時よりも、更に清浄な空気を感じて息を飲んだ。

「ここって、こんな風でしたっけ……」

神域なのだから、清浄なのは当たり前なのだが、それにしても以前に来た時よりも感じ方が違う。澄んだ空気の中に、ピンと張り詰めるような緊張感と、包み込むように柔らかな優しさが共存している。

戸惑いながら、眩しい白砂から目を守るように空を見上げると、青い龍と白い虎がじゃれ合いながら飛んでいるのが見えた。

「青い龍と……白い虎？」

思わず声に出すと、誉さんが私の顔を見下ろし、

「まさか、あんた、四神まで見えるようになったのか？」

と目を丸くした。

「四神？」

「青龍、白虎、朱雀、玄武。京都を守護する霊獣さ。ここ平安神宮には、青龍と白虎の像がある」

「ああ、なるほど。それで空にいるんですね」

青龍と白虎は、気持ちのいい秋晴れの空の中で追い駆けっこをしている。

「何だか楽しそうです」

ふふっと笑って誉さんの顔を見上げたら、誉さんは、

「あんた、のんきだな。前より感覚が鋭くなってるってのに」

呆れ半分、感心半分の表情を浮かべた。

「感覚が鋭くなってる？」

「前より、神的なものを感じ取る力が強くなってるってことだ」

「ということは、私はこれからも、色々な神使たちに会えるってことですね」

嬉しい気持ちでそう言ったら、誉さんは、

「ま、そういうことだな。これからも、ますます頼みごとをされるんじゃないか？」

と苦笑した。

「どんと来いです」

私は胸を叩くと、もう一度空を見上げた。

「綺麗……」

青龍の鱗と白虎の毛皮が、太陽の光を反射して、きらきらと輝いている。

私が見つめていることに気が付いたのか、青龍と白虎がこちらを向くと、二体並んで飛んで来た。

もしかすると、私たちに何か頼みごとがあるのかもしれない。
そんなことを考え、笑みが漏れる。
私は霊獣を呼び寄せるように片手を上げた。
もし私にできることがあるのなら――……。

神様のお願い、叶えます。

《了》

《主要参考文献一覧》

『神社のいろは』神社本庁監修　扶桑社
『神社と神様がよ～くわかる本』藤本頼生著　秀和システム
『神道行法の本　日本の霊統を貫く神祇奉祭の秘事』藤巻一保著　学習研究社
『祈禱儀礼の世界　カミとホトケの民俗誌』長谷部八朗著　名著出版
『図説日本呪術全書』豊島泰国著　原書房
『解註謡曲全集155　鉄輪　kindle版』野上豊一郎著　やまとうたｅブックス
『日本書紀（上）全現代語訳』宇治谷孟著　講談社
『敏感すぎる自分を好きになれる本』長沼睦雄著　青春出版社

※作中の神様の名前は、各神社の由緒に則っております。

一二三文庫

京都桜小径の喫茶店
～神様のお願い叶えます～

2020年12月4日　初版第一刷発行

著　者　卯月 みか
発行人　長谷川 洋
発行・発売　株式会社一二三書房
〒101-0003
東京都千代田区一ツ橋2-4-3 光文恒産ビル
03-3265-1881
http://www.hifumi.co.jp/books/

印刷所　中央精版印刷株式会社

ISBN 978-4-89199-683-3